HERBSTGESCHICHTEN

HERBSTGESCHICHTEN

Marvin Herbst

Kurzgeschichtenband

Besuchen Sie den Autor unter www.marvinharvest.de

Impressum

ISBN: 9798784662996

Lektorat: Melina Coniglio
Korrektorat: Melina Coniglio
Umschlaggestaltung: Franziska Stern

Vorwort

Unermüdlich arbeite ich in meinem einsamen, dunklen Keller an weiteren Romanen. Doch da Dinge Zeit brauchen, um gut zu werden, wird es noch eine Weile dauern, bis diese das Licht der Welt erblicken. Meine neu gewonnene Leserschaft möchte ich aber nicht so lange hinhalten müssen und da kam mir die Idee zu einem Kurzgeschichtenband. Quasi ein Lebenszeichen aus meinem Keller. Manche der Geschichten schrieb ich, als ich eine Auszeit von Halbschatten benötigte, andere hingegen extra für diesen Kurzgeschichtenband. Es fängt an mit einer typischen Heldengruppe in einem Fantasy-Setting, die aus einer anderen Perspektive betrachtet wird, und steigert sich im Düsternis-Level von Geschichte zu Geschichte.
Es wird dunkel, es wird dreckig und in manchen Szenen auch blutig. Ich denke, der Durchschnitt wird hier locker durchkommen. Doch wer sich Gedanken bezüglich Trigger macht, dem kann ich anbieten, auf meiner Homepage in den Warnhinweisen nachzusehen. Hier werde ich versuchen, nach bestem Wissen und Gewissen ein paar Warnungen zu hinterlassen. Diese beinhalten jedoch immer leichte Spoiler, weswegen sie hier nicht auftauchen.
An der Stelle verrate ich euch ein Geheimnis – einer meiner zukünftigen Romane wird in der Welt der Kurzgeschichte ‚Die Oper' spielen. Bleibt also auf dem Laufenden unter
www.marvinharvest.de.
Ich wünsche euch ein paar spannende Lesemomente mit ‚Herbstgeschichten'.

Marvin Herbst

Eine Frage der Perspektive

Es war alles eine Frage der Perspektive.

Der Kamin spendete eine wohlige Wärme und schwängerte die Luft mit einem leicht beißenden Geruch nach brennendem Holz, was mir Schreie in den Kopf trieb. Ihre Schreie. Früher hätte ich in Anbetracht der lodernden Flammen einen Anflug von Gemütlichkeit und Geborgenheit nicht verleugnen können. Selbst die leichte Note schalen Biers hätte dem Ganzen keinen Abbruch getan. Doch seit sie mein Haus samt ihr und aller Habseligkeiten niedergebrannt hatten, war mir keine ruhige Minute mehr vergönnt. Sie hatten nicht gewusst, dass meine geliebte Frau dort gewesen war. Von Panik gepeitscht, hatte ich ihren halb verkohlten Körper einige Meilen durch den Wald geschleppt, ehe ich erkannt hatte, dass sie längst gestorben war.

Bis zu diesem Zeitpunkt war ich ein ehrlicher und rechtschaffener Bewohner gewesen. Nie hatte ich jemandem Leid zugefügt. Sie hatten keinen Anlass, mich zu jagen, sie hatten kein Recht, mich zu verfolgen. Bis sie mich in jener

Nacht gestellt hatten. Da hatte ich ihnen den Beweis geliefert, den sie so unbedingt wollten. Ich war von nun an ein gesuchter Mörder … zumindest in ihren Augen.

Meine Frau wäre davon überzeugt gewesen, dass ich nur versuchte, mein Leben zu verteidigen. Ich selbst hätte Rache als Motiv angeführt. Erzählte man die gleiche Geschichte einem Raéla-Priester, würde dieser wahrscheinlich philosophierend einen Vergleich zur Natur suchen: Wäre ein gejagter Eber schuldig, wenn der Wolf bei seinem Angriff verletzt wurde? Wieder eine Frage der Perspektive.

Nun saß ich am Tisch gegenüber dem Kaminfeuer im ›Gasthaus zur grauen Unke‹ und fühlte mich gleich besser, als endlich der Duft meines frisch gebratenen Hähnchens von der ungewohnt jungen Schankmaid herangetragen wurde. Ich wollte weder mit großzügigem noch mit ungehobeltem Verhalten auffallen und bedankte mich höflich, ohne ein Trinkgeld springen zu lassen. Bisher mit Erfolg.

Zum dritten Mal war ich nun in diesem weit abgelegenen Dorf, und niemand erkannte mich wieder. Wie immer dankte ich Raéla, der Göttin der Natur, dass sie mir dieses köstliche Abendessen gewährte. Während ich mich über mein Essen hermachte, malte ich mir aus, was der mit tiefen Kratzern und hartnäckigen Flecken übersäte Tisch schon alles hatte aushalten müssen. Er war einer von fünf Tischen, die sich um das Feuer in der Mitte des Raumes drängten. Doch der Kratzer links neben meinem Teller, da war ich mir sicher, kam nicht nur vom Brot schneiden. Stammte er vom Dolch eines Schuldeneintreibers? Einem Schwert bei einer handfesten Auseinandersetzung? Oder von der Klaue einer Bestie? Mir gefielen diese Gedankenspiele. Sie halfen mir in Zeiten der Einsamkeit stets, nicht den Verstand zu verlieren.

Über die niedrigen Flammen hinweg erkannte ich die junge Frau hinter der Theke und wollte den Arm heben, um ein neues Bier zu bestellen. Das ächzende Knarren der Eingangstür ließ mich jedoch innehalten. Ein breitschultriger Hüne, mit einem für seine Statur angemessenen Breitschwert auf dem Rücken, betrat den Raum. Beim Anblick der Waffe breitete sich eine gewisse Unruhe in mir aus. Doch in fast jedem Dorf verdingte sich ein Krieger als Wachmann oder Aufseher. Ich wagte es nicht, meine geplante Bestellung aufzugeben.

Die Tür wollte langsam ins Schloss fallen, als eine Frau sie wieder aufstieß. Sie betrat den Raum, während sie damit beschäftigt war, ihr dunkelbraunes Haar zu einem strengen Dutt zusammenzubinden. *Schätzungsweise nur sein Weib,* dachte ich. Hoffte ich.

Als erneut das erlösende Geräusch des klackenden Türschlosses ausblieb, zog ich mir vorsichtshalber die Kapuze tief ins Gesicht und versteckte mich hinter meiner Hähnchenkeule. An Essen war für mich nicht mehr zu denken, als sich ein kräftiger Zwerg als drittes Mitglied dieses Ensembles herausstellte. Bei jedem Schritt klirrte er, als würde er unter seinem Mantel einen ganzen Waffenladen mit sich führen.

Ich beobachtete, wie er in einer Tasche wühlte, um ein halb zerknülltes Pergament herauszuholen. Während er ungeschickt versuchte, das Knäuel zu einem lesbaren Stück Papier zu glätten, ging die Tür ein viertes Mal auf und ein groß gewachsener, schlanker Elf schritt herein. Der Weißhaarige musterte als einziger der Neuankömmlinge den gesamten Raum und warf insbesondere mir einen prüfenden Blick zu. Ich schaffte es, dem direkten Augenkontakt auszuweichen, doch spürte, wie er mein Gesicht länger als nötig musterte. Mir wurde heiß, als hätte ich ein ganzes Glas Kräuterschnaps heruntergekippt. Zu allem Überfluss hielt er die Tür geöffnet, um noch einen weiteren Gast hereinzulassen.

Im ersten Moment war ich froh, als sich jener Gast als struppiger Hund entpuppte und der Elf endlich seinen Blick von mir nahm, um die Tür zu schließen. Doch im nächsten Moment fiel mir ein, dass mir ein weiterer Mensch angenehmer gewesen wäre. Hunde bedeuteten immer Kommunikation. Sie kamen ungefragt, wollten gestreichelt werden, und schon hatte man das Herrchen am Hals.

»Ha!«, stieß der Zwerg triumphierend aus, als er endlich sein Pergament vollständig auseinandergefaltet hatte. Er knallte es mit seiner kräftigen Hand auf den Tresen und rief: »Wer hier im Haus kann mir Auskunft geben über …«

Die Frau mit dem Dutt unterbrach ihn, indem sie ihre Hand sanft auf seine legte und ihn eindringlich ansah. Während sie das Pergament vorsichtig unter seinen dicken Fingern hervorzog, richtete der große Mann das Wort an die Schankmaid: »Was er damit fragen wollte, war, ob Ihr einen Tisch für uns frei habt und diesen mit Getränken und Speisen eindecken könntet.«

Das Mädchen nickte eifrig und wies ihnen zu meinem Bedauern den Tisch zwei Meter links von mir zu. Die Herrschaften setzten sich. Ich hatte nicht einmal von meinem Hähnchen abgebissen, und obwohl der Elf mit dem Rücken zu mir saß, befürchtete ich, er würde es bemerken. Doch ich war nicht in der Lage, dies zu ändern, denn meine Bedenken, dass sie wegen mir hier waren, hielten sich hartnäckig.

Ich kannte Gruppen wie diese. Sie nannten sich Abenteurer oder gar Helden. Es war ihnen eine Freude, für eine Handvoll Gold irgendwelchen selbst ernannten Richtern Köpfe wie den meinigen zu servieren. Ich versuchte, sie unauffällig zu mustern. Mit der Frau hätte man womöglich reden können … allenfalls noch mit dem Großen. Aber mit dem Zwerg? Oder dem Elfen? Diese Heißblütigen ließen ihren Klingen stets den Vorrang.

Mein verlorener Appetit hatte sich inzwischen zu einem ernsten Krampf in der Magengrube ausgeweitet. Was mochten diese Schwerbewaffneten in solch einem einsamen Dorf zu suchen haben? Ich befürchtete, die Antwort zu kennen, und suchte deswegen nach einem Ausweg. Es gab von meinem Tisch aus gesehen drei Möglichkeiten. Eine wäre, die Tür nach draußen zu nehmen, die andere bedeutete rechts an der Theke vorbei und dann die Treppe nach oben zu den Zimmern. Von dort aus könnte ich weitersehen. Die dritte Möglichkeit könnte direkt hinter mir liegen. Der Schankraum führte noch einmal um die Ecke. Den Geräuschen zufolge mussten dort mindestens zwei ältere Männer sitzen, die sich gemächlich unterhielten. Nur war ich mir nicht sicher, ob es dort einen Ausgang gab.

Eine Berührung an meinem Bein ließ mich aufschrecken. Es war der Hund, den die Bande mitgebracht hatte, und es kam, wie es kommen musste: Sie sprachen mich an!

Genau genommen war es der große Krieger, der fragte: »Mögt Ihr keine Hunde?«

»Nein«, log ich, ohne ihm ins Gesicht zu sehen. Im Grunde liebte ich Hunde, aber vor allem liebten sie mich. Allgemein hatte ich eine fast magische Anziehungskraft auf Vierbeiner, aber sie verursachten eben immer wieder solche unliebsamen Situationen.

Der Krieger schob seinen Stuhl geräuschvoll zurück und kam auf mich zu. Die schwere Lederrüstung knirschte bei jedem Schritt. Unweigerlich dachte ich an Flucht und an den Dolch an meinem Gürtel. Doch ehe ich den Gedanken zu Ende bringen konnte, packte der Mann den struppigen Hund und zog das graue Tier von mir weg.

»D– … danke schön«, brachte ich stotternd heraus und wagte einen kurzen Blick in das Gesicht des Mannes. Doch dieser begegnete mir mit weniger Aufmerksamkeit, als ich befürchtet hatte, und so breitete sich ein Anflug von Erleichterung in meiner Brust aus.

Ich grübelte. Die Idee, mich samt dem Essen auf das Zimmer zu verziehen, empfand ich als die beste Variante, um mich der Situation zu entziehen. Ich blickte noch einmal an den Tisch zu meiner Linken und bemerkte, wie die Frau das Pergament wieder hervorholte. Es war ein Porträt darauf zu erkennen.

Als sie und der Krieger sich mit dem Pergament auf den Weg zum Tresen begaben, konnte ich es genauer sehen: Das war ich! Die Zeichnung zeigte mich. Mein Magen drehte sich um. Mir wurde umso mehr bewusst, welcher Bedrohung ich ausgesetzt war.

Intuitiv schnappte ich mir meinen Teller und folgte ihnen mit etwas Abstand, in der Hoffnung, auf mein Zimmer zu kommen. Ich spürte förmlich, wie sich der Blick des Elfen an meinen Nacken heftete, doch es war zu spät, einen anderen Plan auszutüfteln. Am Tresen angekommen, verlangten sie, den Wirt zu sprechen, während ich versuchte, mich selbstbewusst an dem Krieger vorbeizudrängen.

Ein eisiger Schauer packte mich plötzlich und riss mein Bewusstsein nahezu in Stücke. Ich spürte, wie sich die kräftige Hand des Mannes in meine linke Schulter grub. Sein fester Griff war der einzige Grund, warum ich nicht zusammensackte.

»Ey!«, schallte seine kräftige Stimme auf mich nieder.

Ich drehte mich beinah taumelnd um und blickte ihm direkt in die Augen.

»Tut mir noch mal leid wegen Bo.«

»Bo?«, fragte ich verwirrt.

»Ja, Bo, mein Hund. Ich habe gesehen, wie sehr Ihr Euch erschreckt habt, und eigentlich gehört Bo in solchen Gaststätten unter meinen Tisch. Verzeiht also, mein Herr!«

Mehr als ein wildes Nicken bekam ich nicht zustande.

»Was kann ich für Euch tun?«, hörte ich die freundliche Stimme des Wirts, und da sich der Krieger von mir abwandte, nutzte ich die Gelegenheit, um langsam und möglichst in normalem Schritttempo auf die Treppe zu gelangen. Sobald ich außer Sichtweite war, nahm ich zwei Stufen gleichzeitig und eilte nach oben.

Nach einer Drehung um hundertachtzig Grad führte die Treppe in einen holzverkleideten Flur. Von dort aus waren verschiedene Zimmer zu erreichen, wobei das letzte auf dem Gang meines war. Schnell hatte ich die Tür hinter mir verschlossen. Ich schmiss den Teller auf das Bett und packte meinen Wasserschlauch sowie das Jagdmesser. Den Langbogen ließ ich zurück. Jetzt kam es auf Schnelligkeit an. Ich stieß das Fenster auf und warf einen Blick nach unten. Als ich aufgebrachte Stimmen und Getrampel auf der Treppe hörte, brauchte ich keinen Moment länger zu überlegen. Ich sprang hinaus und landete unsanft auf dem Boden. Ein kurzes Stöhnen konnte ich mir nicht verkneifen, doch war ich schnell wieder auf den Beinen. Um den angrenzenden Wald zu erreichen, von dem ich mir Rettung erhoffte, würde ich auf die andere Seite des Hauses gelangen müssen. Daher schlich ich mich rechts um das Gebäude herum und fand mich seitlich der Eingangstür wieder.

Wie ein aufgeschrecktes Reh blieb ich mit aufgerissenen Augen stehen. Die Tür wurde vom Zwerg und seiner blankgezogenen Axt bewacht. So tumb und schwerfällig dieser Kraftprotz auch wirken mochte, er begriff schnell.

»Ha, ich hab' ihn!«, brüllte er triumphierend. Wenigstens wurde er seiner Schwerfälligkeit gerecht und stapfte mir nur behäbig hinterher.

Wieder um die Ecke, hörte ich hastige Schritte aus dem Zimmer, durch dessen Fenster ich hinausgelangt war. Direkt über mir rief die kehlige Stimme des Elfen: »Halt ihn auf!«

In meiner Brust trommelte das Herz heftiger als ein Antreiber auf einer Kriegsgaleere. Mir blieb der Bruchteil eines Moments, solange ich außerhalb ihrer Sichtweite war, um zu entscheiden, welchen Weg ich einschlagen würde.

Entschlossen sprang ich durch das Fenster im Erdgeschoss, stürmte durch den Schankraum, drückte mich an Feuerstelle und Tisch vorbei und stürzte zur Tür wieder hinaus. Ich hoffte, sie würden mich im Innenhof suchen, und so rannte ich hastig den matschigen Pfad Richtung Dorfausgang entlang. Das Dorf war zwar nur von einem mäßig stabilen Zaun umgeben, dennoch gab es ein hölzernes Tor, welches ich beim Laufen anvisierte. Sobald ich das Tor passiert hatte, bog ich scharf links auf den Pfad Richtung Wald ab, rutschte aus und landete prompt mit dem Gesicht im Matsch.

Ich unterdrückte einen Fluch und raffte mich schnell wieder auf. Bei den Spuren, die ich hinterließ, würde sogar der Zwerg meine Fährte aufnehmen können. Hastig klopfte ich mir den Matsch von den Beinen ab, nahm wieder Tempo auf und rannte geradewegs einem Fremden in die Arme.

»He, junger Mann! Wohin des Weges zu so später Stunde?«

Ich hätte mich nicht als jung bezeichnet, aber in Anbetracht der greis wirkenden Stimme war es aus seiner Perspektive durchaus in Ordnung. Ich stammelte ein paar unverständliche Worte und wollte weiterhasten, als er sagte: »Du willst doch nicht nachts in diesen Wald? Hier haust seit einigen Monaten eine gefährliche Kreatur!«

»Was für eine Kreatur?«, fragte ich bei dem Gedanken, dass ich meinen Bogen zurückgelassen hatte. Was brachte mir Schnelligkeit, wenn ich einem Monster in die Arme lief?

»Es soll sich um einen Werwolf handeln. Ich sag's dir, ich hörte ihn schon mit meinen eigenen Ohren heulen. Da stehen einem die Haare zu Berge!«

Meine Hand zuckte unweigerlich Richtung Dolch. Auch wenn man im Dunkel kaum etwas zu sehen vermochte, würde ich den Mann töten müssen, da er mich sonst an meine Verfolger verraten könnte. Doch als ich einen Hund im Dorf bellen hörte, bekam ich eine andere Idee und entschied mich, zu sagen: »Ihr könntet mir helfen! Ich suche meinen Hund. Vielleicht ist er ja doch im Dorf geblieben. Ich gehe ihn im Wald suchen, und Ihr schaut im Dorf nach. Wenn Ihr ihn findet, haltet ihn unbedingt fest und wartet auf mich. Gebt ihn bloß keinem Fremden mit!«

Ich beschrieb ihm den Hund meiner Häscher und jagte sogleich davon, ohne seine Antwort abzuwarten. Mit etwas Glück würde der Alte meine Verfolger einen Moment aufhalten und mir die vergeudete Zeit wieder einbringen. Das Licht des Vollmondes ermöglichte mir, abseits des Pfades unbeschadet und tief in den Wald zu gelangen. Ich suchte verzweifelt nach der Hütte, die ich schon letztes Mal aufgesucht hatte.

Ich rannte, trotz brennender Lungen, wich Bäumen sowie tief hängenden Ästen aus – doch dann übersah ich einen Höhenunterschied im Boden, legte mich lang und purzelte wie ein Sack Kartoffeln eine Böschung hinunter. Verdutzt versuchte ich, mich zu orientieren, und machte dabei Bekanntschaft mit der Stille des Waldes. Seit einer langen

Weile spürte ich erstmals wieder dieses Kratzen im Hals, nur war es deutlich stärker geworden. Das Blut in meinem Kopf pochte so laut, dass ich wohl erst verspätet wahrnahm, wie die Stille von hastigen Schritten unterbrochen wurde. Meine Verfolger!

Glücklicherweise gaben sie sich keine Mühe, leise zu sein, sodass ich hochschreckte und einfach der Nase nach tiefer in den Wald stürzte. Mich beunruhigte vor allem die Tatsache, dass sie in der Lage waren, mir im stetig dunkler werdenden Wald auf Schritt und Tritt zu folgen. Immer wieder schaute ich mich um, in der Hoffnung, die Hütte zu finden. Dort würde ich mich verbarrikadieren und notfalls heimlich durch den unterirdischen Gang verschwinden.

Krampfhaft bemühte ich mich um Orientierung, doch irrte inzwischen nur noch planlos durch die Nacht. Das penetrante Bellen des Hundes hielt mich davon ab, einen klaren Gedanken zu fassen. Zweifel, ob ich die Hütte je wiederfinden würde, breiteten sich in mir aus.

Endlich sah ich die Umrisse eines Gebäudes. Ein Hochgefühl stieg in mir auf, das jäh unterbrochen wurde, als mich ein Pfeil von rechts traf. Ich konnte mir einen Schmerzensschrei nicht verkneifen und sackte zu Boden. Der Pfeil steckte in meinem Oberschenkel. Stöhnend brach ich den Holzschaft ab und hörte schon das nächste Geschoss durch die Luft surren. Dieses Mal blieb ich unversehrt. Der Elf musste sich von der Gruppe abgesetzt haben. Scheinbar versuchten sie, mich einzukreisen. Sie kamen näher!

Ich biss mir auf die Unterlippe und richtete mich rasch wieder auf. Dabei wich ich völlig unbeabsichtigt einem weiteren Pfeil aus. Die ersten Schritte humpelnd, dann wieder rennend begab ich mich immer näher auf das Gebäude zu. Jedes Mal, wenn ich mit dem rechten Bein auftrat, schwankte mein Körper zwischen Ohnmacht und einem weiteren Schritt. Ich hielt durch, bis mein verletztes Bein versagte und ich bäuchlings eine kurze Steintreppe hinunterrutschte. Der harte Aufprall meines Kopfes stoppte den Sturz nach wenigen Stufen. Ich wusste nicht, was ich zuerst verfluchen sollte: meinen Schädel, die pochenden Knie, mein verletztes Bein oder das unerträglich gewordene Kratzen im Hals.

Irgendwie kam ich wieder auf die Beine und stellte fest, dass ich nicht in der gesuchten Hütte, sondern in einer steinernen Ruine angelangt war. Was genau das hier war, scherte mich nicht, denn mir war bewusst, dass ich mich in dem Zustand auf keine weitere Verfolgungsjagd einlassen konnte. Also galt es, mich zu verstecken. Eine weitere lange Treppe rechter Hand führte mich eine Etage tiefer und in eine Art Vorraum, in dem es nur eine von Säulen gesäumte Tür zu entdecken gab. Ich hielt mich nicht lang mit Erkundungen auf und griff gleich nach der Klinke. Verschlossen! Wild zog und riss ich an der Türklinke. Doch außer Staub und Holzmehl, das mir entgegenrieselte, tat sich nichts.

Augenblicklich wollte ich in Panik verfallen, als mir bewusst wurde, was das Mehl für mich bedeutete. Ich nahm die bloße Faust und schlug sie wie einen Hammer gegen die morsche Holztür. Ja! Das alte Holz zerbröselte förmlich, und in nur wenigen Augenblicken schuf ich ein Loch, durch das ich mich hindurchzwängen konnte. Kopfüber purzelte ich in den dahinterliegenden Raum.

Ich richtete mich stöhnend auf, klopfte den gröbsten Dreck von mir ab und versuchte trotz der Dunkelheit, mich umzusehen. Es schien eine Art Lichtquelle zu geben, die schemenhafte Umrisse und Strukturen in einen blauen Nebelschleier hüllte. Zwei mannshohe Statuen hießen mich willkommen. Ich überlegte kurz, ob ich mit ihnen das Loch in der Tür versperren sollte, entschied mich aber, damit keine Zeit zu verschwenden. Stattdessen humpelte ich zwischen den Statuen hindurch, tiefer in den Raum. Die Luft, die ich atmete, war kühl und trocken, und die gesamte Welt dort draußen fühlte sich weit weg an.

Mein Puls beruhigte sich, meine Schritte wurden langsamer. Unversehens befand ich mich nicht mehr auf der Flucht, sondern auf Erkundung. Der Boden hier verriet schon durch das bloße Betreten, dass sein Schöpfer ein Meister seiner Zunft gewesen war. Glatter Steinboden, auf dem meine Schritte widerhallten, reflektierte das Licht und gab dessen Quelle preis: Von der knapp zweieinhalb Meter hohen Decke aus wurde ein Strahl Mondlicht diagonal durch den Raum geleitet, um dort filigran gemeißelte Totems zu beleuchten. Insgesamt gab es vier solcher Schächte, die gleichsam vier Totems anleuchteten. Einen Schritt setzte ich noch in den Raum, und als sein Widerhall verstummt war, hielt ich inne.

Raéla, steh mir bei! Ich erkannte, dass ich in einem uralten Jahantempel gelandet war. Es rankten sich viele Legenden um die Tempel der Schattenelfen – jener Schattenelfen, die den Dunklen ihrer Götter huldigten. Ich fürchtete, die kühle Luft in meinen Lungen würde zu Eis gefrieren, so sehr verschlug mir diese Erkenntnis den Atem. Ich blickte mich hektisch um. In den Legenden war die Rede von Geistern, die in Stein gefangen seien, und von Dämonen, die hier zum Leben erweckt wurden.

Als ich das Bellen eines Hundes und damit das Anrücken meiner Verfolger wahrnahm, wähnte ich mich zwischen der realen Bedrohung draußen und der relativen hier unten gefangen. Ich hatte einst erlebt, was es bedeutete, eine Legende zu unterschätzen. Diesen Fehler wollte ich nicht wiederholen. Als ich jedoch den Köter erneut bellen hörte, lief ich reflexartig tiefer ins Dunkel hinein, an den Totems vorbei, bis ich mit den

Händen kalten, rauen Stein ertasten konnte. Ein schmaler Gang führte mich weiter, und der blaue Schimmer verblasste mit jedem Schritt, den ich wagte.

Ich orientierte mich mit seitwärts ausgestreckten Händen an den Wänden. Die Luft wurde feuchter, wärmer, stickig. Nach einer Weile spürte ich, dass die Wand zu meiner Linken eingestürzt war. Hinter dem kaum erkennbaren Geröllhaufen sah ich nichts als tiefes Schwarz. Ich hätte meine Schritte gern verlangsamt, doch das hieße, stehen bleiben. Folglich verließ mich jegliche Lichtquelle, und meine Orientierung beruhte einzig auf dem Ertasten der Wand. Unvermittelt stieg mir ein derart fauliger Geruch in die Nase, dass ich mich vornüberbeugte und einen heftigen Brechreiz unterdrücken musste. Vermutlich waren es Knochen, gegen die meine Füße stießen. Ich hielt inne. Weitergehen oder umkehren? Mit rasendem Herzen sandte ich ein Stoßgebet zu Raéla. Dem Geruch nach zu urteilen, tendierte ich zum Umkehren, aber ich entschied mich dann doch, noch ein paar Schritte zu gehen und hier im Dunkel einen Hinterhalt für meine Verfolger zu legen.

Ich lief einen Schritt, dann einen weiteren und stieß plötzlich gegen etwas Großes, Rundes und Borstiges. Ein Schock durchlief mich und stellte mir die Haare am ganzen Körper auf.

Als dieses Etwas vor mir zuckte, hatte ich keinen Zweifel mehr, dass ich hier unten in größter Gefahr war. Ungeachtet meiner Verletzung stürzte ich wieder aus dem Gang heraus. Ich sah mich nicht um und hielt erst inne, als ich vor den Totems angekommen war. Zwei Blicke reichten, und ich wusste, was zu tun war. Götter oder nicht – ich stieß eine der Statuen um, kletterte darauf und zwängte mich in den Schacht, durch den das Mondlicht drang. Spinnweben, Insekten und Getier waren mir egal. Was auch immer da unten hauste, war zu groß, um mir hierhin zu folgen. Ich spuckte Staubfäden aus, schüttelte etwas Krabbelndes von meinem Hals und kroch den diagonal verlaufenden Schacht entlang. Hinter der Ruine kam ich an die Oberfläche und humpelte schnellstmöglich durch den laubbedeckten Wald. Trotz all des Laubs nahm ich eine kreisrunde Vertiefung wahr, die ich sorgsam mied. Zwischen den Bäumen rettete ich mich in dichtes Gestrüpp, um das erste Mal seit einer Ewigkeit tief durchzuatmen. Ich spürte wieder das Kratzen im Hals, das so heftig geworden war, dass es mich mehr störte als der Treffer am Bein.

Meine Verschnaufpause wurde unterbrochen, als eine kräftige Stimme rief: »Gib auf! Wir wissen, dass du verletzt bist. Du wirst uns nicht entkommen. Ergib dich, und du wirst voller Gnade hingerichtet. Das ist deine einzige Chance, vor die Götter zu treten. Leiste Widerstand und du wirst in der Hölle brennen!«

Ich suchte nach einer Lösung, und als ich den Hund in einiger Entfernung vor mir erblickte, fand ich sie.

»Es tut mir leid, mein Kleiner«, flüsterte ich und stieß einen lauten Pfiff aus. Wie ich es von Hunden gewohnt war, hörte er prompt und lief in meine Richtung. Als er die Vertiefung im Laub erreichte, realisierte sich mein Plan: Der Boden riss auf und ein gewaltiger, borstiger Körper schoss an die Oberfläche. Ein Jaulen, ein Knacken, und ich sah voller Bedauern, wie eine Riesenspinne den kleinen Köter verschlang. Doch das Insekt hatte keine Zeit, seine Mahlzeit zu genießen, denn der Elf schoss sogleich einen Pfeil auf das Monster ab. Ein Kampf zwischen meinen Verfolgern und der Spinne entbrannte. Meine Gelegenheit, zu flüchten.

Ich rannte so schnell und so weit, wie ich konnte, doch meine Leiden zwangen mich jäh zu einer Pause. Schnaufend lehnte ich mich mit dem Rücken an einen großen Baum. Noch immer drangen leise Kampfgeräusche an mein Ohr, und ich hielt an der Hoffnung fest, dass die Spinne mich retten würde. Doch als ich ein ohrenbetäubendes, grässliches Kreischen hörte, zerschlug sich all diese Zuversicht. Es dauerte nicht lange, bis ein Pfeil durch die Luft surrte und unmittelbar in meiner Nähe einschlug. Unter diesen Umständen vermochte ich nicht, meine Flucht fortzusetzen.

Erneut erklang die kräftige Stimme: »Es ist aus. Ich möchte mich ungern wiederholen, also stell dich!«

Da war sie wieder, die Sache mit der Perspektive. Viele wären in dem Moment sicherlich mit mir konform gegangen, dass ich das gejagte Opfer war und sie die skrupellosen Jäger. Doch bald würden sie es andersherum berichten. Und das nur, weil ich mich wehren wollte. Weil ich mich wehren musste!

Es begann. Ich ließ das Kratzen kommen, unterdrückte es nicht länger, ließ es einfach geschehen. Es wurde zu einem Reißen und fühlte sich an, als würde ich eine Nagelkeule hochwürgen. Ich hasste diese Schmerzen, doch ich ließ sie zu. Sie lösten Wut in mir aus. Ich begann, zu schnaufen und zu schwitzen. Schaute in den Himmel und erblickte den Vollmond, der auf mich niederstrahlte, als wolle er mir persönlich beistehen.

Ich spürte, wie die Nagelkeule in meinen Mund schoss. Die Zähne brachen in kleine Stücke und wurden durch kräftige Reißzähne ersetzt. Ich schrie auf vor Schmerz. Meine Haut riss, und dickes Fell breitete sich über meinen Körper aus. Hände und Füße verwandelten sich in mächtige Klauen. Mein Schreien wurde zu einem Knurren.

Es ist so weit. Mir ist egal, was sie morgen berichten. Es ist alles nur eine Frage der Perspektive. Und nun … nun werde ich töten. Ich werde sie alle töten!

Ende

Der Preis der Demonica

»Alles, was du hast, ist die Vereinbarung mit einer Demonica? Das ist deine List, von der du seit Monaten redest?« Fassungslos starrte seine Frau Ralia ihn an. »Seit Wochen hänge ich dem Kaiser in den Ohren und erzähle ihm, dass du es richten wirst. Niemand war anfangs begeistert von der Idee, das gesamte Schicksal des Reiches in die Hände eines einfachen Kommandanten zu legen. Jetzt stehen zehntausend feindliche Soldaten da draußen! Ich habe meine Stellung beim Kaiser ausgenutzt, weil ich an dich geglaubt habe. An Teran, den listigen Bogenschützen.« Sie seufzte. »Aber scheinbar bist du nur noch Teran der Schwachkopf.«

Ralia wandte sich von ihm ab und starrte den großen Wandteppich an. Ein schlecht unterdrücktes Schluchzen verriet ihm, dass die Wut seiner Frau am Höhepunkt angekommen war. An dem Punkt, wo sie vor Wut weinte.

Resigniert setzte sich Teran an den kleinen Holztisch und lauschte dem kalten Wind, der durch die Ritzen im hohen

Turm der Burg pfiff. Das durch Kerzenschein erhellte Zimmer war mit Teppichen und Sitzkissen sehr gemütlich ausgestattet, was gerade so gar nicht zu der Stimmung passen wollte.

»Ralia«, versuchte Teran es erneut, »wir haben jetzt keine Zeit für so was.«

»Keine Zeit für was? Für Vertrauen? Für unsere Beziehung?«

Teran schlug die Hände über dem Kopf zusammen, wohl wissend, den Gesprächsfaden falsch aufgenommen zu haben. Er atmete tief durch und sagte: »Wir haben keine Zeit mehr, meine Entscheidung infrage zu stellen. Unsere Beziehung und all das spielt keine Rolle mehr, wenn wir jetzt nicht handeln. Sie werden jeden Einzelnen von uns abschlachten, deswegen bitte ich dich: Höre mir jetzt zu.« Teran machte eine kurze Pause. »Wir kriegen einen Drachen!«

Diese Information ließ Ralia erwartungsvoll herumfahren. »Einen Drachen?«

»Ja. Du weißt doch, in diesen dicken Gemäuern der Burg soll einer der mächtigsten Steindrachen der Welt schlafen. Die Demonica wird ihn für uns erwecken.«

»Und … was ist ihr Preis?«, fragte sie skeptisch.

»Siebenhundert Seelen. Das heißt, wir müssen nur siebenhundert Feinde töten!«

»Wie willst du das anstellen?« Ralias Stimmung verdüsterte sich wieder merklich. »Wir haben keine Armee. Nur deine vierzig Bogenschützen, die zwölf Leibgardisten des Kaisers und ein Dutzend Wachleute der Burg sowie Bedienstete, Bauern und Angehörige. Ach ja, und den Kaiser selbst, weil ich ihm mit meinem Plädoyer für dich so imponiert habe, dass er unbedingt dabei sein will, wenn deine Falle zuschnappt. Glaubst du, er allein tötet siebenhundert Feinde? Glaubst du das?«

»Wir brauchen nur einen Pfeil«, konterte Teran. »Einen Brandpfeil. Auf dem Feld, wo unsere werten Feinde gerade ihre Belagerungszelte aufbauen, habe ich gestern Nacht Pech verteilen lassen. Ihre riesige Armee wird das nicht aufhalten, aber uns mit Sicherheit genügend Seelen einbringen.«

»Wer schießt den Pfeil?«

»Ich«, verkündete Teran.

»Das erscheint mir sinnvoll«, sagte sie. »Was auch immer du ausgeheckt hast, die Felder in Brand zu stecken, ist eine gute Maßnahme. Ich begleite dich. Dann hast du wenigstens einen fähigen Nahkämpfer dabei.«

»Danke«, entgegnete Teran in versöhnlichem Ton. »Dann werden wir sie jetzt rufen. Einverstanden?«

Mit roten Augen schaute Ralia ihn an und nickte, auch wenn ihr Blick deutlich das Gegenteil ausdrückte.

Er zog den schweren Teppich in der Mitte des Raumes zur Seite, zückte seinen Dolch und ritzte ein aufwendig gestaltetes Zeichen in den entblößten Holzboden. Als er die Zeichnung vollendet hatte, schnitt er sich in seine Hand und träufelte etwas Blut in die Mitte. Dann stand er auf, verließ rasch das Zeichen und zog Ralia zu sich, um schützend einen Arm vor sie zu halten. Schließlich begann er, Worte in alter Sprache zu sagen.

Mit einer Mischung aus Abneigung und Bewunderung schaute sie ihm dabei zu, wie er entschlossen und furchtlos zur Tat schritt. Auch wenn das Einbeziehen einer Demonica gegen all ihre Prinzipien verstieß und schlichtweg an Wahnsinn grenzte, wirkte der Plan ausgeklügelt. Teran war bekannt dafür, waghalsige Pläne zu schmieden, bei denen der Grat zwischen Wahnsinn und Genialität stets schmal war. Dass Teran die alte Sprache beherrschte, hatte sie gar nicht gewusst.

Nach all den Jahren schaffte er es immer wieder, sie zu beeindrucken. Eines der Dinge, die sie an ihm liebte. Sie umfasste seinen starken Arm und dachte einen kurzen Moment an Versöhnung.

Mit einem Mal flackerte der Kerzenschein. Kurz darauf erloschen die Flammen gänzlich und Dunkelheit hüllte den Raum ein. Bis auf das Pfeifen des Windes war es still. Sie hörte, wie Teran einmal tief ein- und wieder ausatmete, so wie er es immer tat, wenn ihm eine große Aufgabe bevorstand. Kalt war es in dem Turmzimmer ohnehin, und nun erschien es ihr, als würde ein besonders kalter Schleier um ihre Beine kriechen. Sich schüttelnd, rückte sie noch enger an Teran heran.

Dann hörte sie ein Kratzen im Boden vor ihnen. Sie konnte nichts sehen, aber deutlich spüren, wie sich eine ihr unbekannte Präsenz in dem Raum ausbreitete.

»Jetzt geht es los«, flüsterte Teran.

Zwei kleine, hellblau schimmernde Steine tauchten in der Mitte des Zeichens auf. Rundherum bildete sich eine dunkle Masse, die wie ein Maulwurfshügel aus dem Boden gedrückt wurde. Im Halbdunkel erkannte Ralia, wie sich große insektenartige Beine aus der Masse streckten und wieder mit ihr verschmolzen. Ein Schauer lief ihr über den Rücken und bekräftigte ihre Abneigung gegen diese Maßnahme. Teran hingegen starrte mit festem Blick auf das Geschehen und beobachtete, wie die Steine von der Masse nach oben gedrückt wurden. Als ein Augenpaar saßen sie nun fest nebeneinander. Das blaue Glühen erlosch, und mit einem Mal entzündeten sich alle Kerzen gleichzeitig.

Vor ihnen stand eine Frau, deren fester Körper in einem engen Lederkostüm steckte. Weiße Linien zeichneten sich auf ihrer grauvioletten Haut ab, von der ihre knappe Kleidung viel preisgab. Glattes schneeweißes Haar hing ihr bis über die Schultern. Ihre weißen Augen lagen auf dem Ehepaar, und sie grinste verschmitzt. Mit einer arroganten Stimme sprach sie Teran an: »Ist das dein Weib?«

Er nickte und wandte den Blick nicht eine Sekunde von ihr ab.

»Schade«, bedauerte sie. »Ich hatte gehofft, du hättest heute etwas mehr Zeit für mich«, verriet sie verheißungsvoll und streifte mit ihrem Finger unter Terans Kinn. Sie richtete ihren Blick auf Ralia. »Du brauchst mich gar nicht so grimmig anzuschauen, Liebes. Für dich würden wir sicher auch eine Lösung finden.«

»Schweig, Demonica!«, entgegnete Ralia.

»Du musst nicht gleich zornig werden. Ich weiß, was Menschen begehren. Ich weiß, was du begehrst. Darum denke ich, könnten wir viel Spaß zusammen haben«, trällerte sie.

»Schluss jetzt«, unterbrach Teran. »Uns fehlt die Zeit. Kommen wir zum Geschäft.«

»Langweiler«, schnaubte die Demonica verächtlich. »Nun gut … du kennst den Preis: Siebenhundert Seelen für einen Drachen. Aber ich frage mich, wie du noch rechtzeitig bezahlen willst. Der Feind ist stark, und du hast keine Armee. Ich nehme nur ungern völlig umsonst den weiten Weg auf mich.«

»Keine Sorge«, entgegnete Teran. »Unsere Feinde richten sich auf Feldern voller Pech ein.« Er zog einen Pfeil aus seinem Köcher und entzündete die Spitze an einer Kerze. Anschließend hielt er den flammenden Pfeil vor das Gesicht der Demonica und sagte: »Ich hoffe, du hast nichts gegen ein Trinkgeld.«

»Gut«, antwortete sie, packte Terans Unterarm und zog den Ärmel hoch. Sie streifte mit ihrer flachen Hand darüber.

»Für je zehn Seelen wird ein kleiner blauer Punkt auf deinem Arm erleuchten. Ruf mich, wenn du die Bezahlung leisten kannst.«

Teran nickte und sah zu Ralia. Er las Skepsis in ihren Augen, aber auch, dass sie all ihrer Abneigung zum Trotz entschlossen mit ihm an einem Strang ziehen würde. Sie nickte ihm zu und deutete zur Tür.

In diesem Moment klopfte es, und eine männliche Stimme drang dumpf hindurch: »Mein Kommandant, darf ich eintreten?«

»Nein! Wir kommen gleich raus, bereitet alles vor.«

»Verzeiht meinen Widerspruch. Doch Ihr solltet wissen, dass die feindliche Armee bereits marschiert. Sie greift uns an!«

Die Demonica stieß ein schadenfrohes Lachen aus.

»Sie haben die Pechfelder verlassen und gelangen in Kürze in Reichweite unserer Speerschleuder. Wir erwarten den Befehl zum Schießen.«

Ralia stieß einen verzweifelten Fluch aus, während Teran die Tür einen Spaltbreit öffnete und sich an den Boten wandte.

»Befehl erteilt, ich stoße gleich dazu. Abtreten.«

Ralia packte seine Schulter und drehte ihn zu sich. »Verrate mir, wie wir das jetzt lösen wollen! Du weißt, dass diese Burg den Gebirgspass bewacht. Wenn sie fällt, strömen die Feinde in das Hinterland und können das gesamte Reich einnehmen. Dörfer werden brennen, Städte werden fallen und dieser Feldzug wird Hunderttausende Leben fordern, ehe sich ihnen Widerstand in den Weg stellt. Der Kaiser wird heute sterben, und ich habe ihn verraten … weil ich auf dich gehört habe!« Ralia zeigte auf die amüsierte Demonica. »Weil du auf sie gehört hast! Das war sicher von Beginn an ihr Plan. Mehr Seelen kann sie kaum verdienen. Du Schwachkopf lässt dich mit einem Drachen ködern, mit einem Drachen!« Aufgebracht setzte sie sich an den Tisch und schüttelte den Kopf.

»Ralia, wir haben keine Wahl. Du kennst die Legende des Steindrachen Wasyr, und ich habe die Zeichen mit eigenen Augen gesehen. Er ist hier. Du und ich haben die Merkmale entdeckt und uns so oft ausgemalt, wie er wohl aussieht.«

»Das waren Träumereien in guten Zeiten. Legenden. Aber doch nichts, worauf man eine ganze Zivilisation wettet. Du Idiot.« Ralias Unterkiefer zitterte.

»Bitte vertrau mir«, sagte Teran. »Selbst wenn du das nicht kannst, weiß ich, dass du nicht hier sitzen wirst, um auf deinen Tod zu warten. Darum lass uns jetzt rausgehen und wenigstens kämpfen!«

»Wie denn?«, hielt Ralia dagegen.

»Mit meinen Bogenschützen. Sie sind die besten! Wir werden die Seelen besorgen.«

»Oder«, warf die Demonica grinsend ein, »ihr zahlt einen anderen, gleichwertigen Preis.« Teran schaute erwartungsvoll auf. »Ihr tötet jemanden, den ihr liebt.«

Er sah unweigerlich kurz zu Ralia und wieder zurück.

»Hast du jetzt wirklich mich angeschaut?«, fauchte Ralia entsetzt. »Ist das dein neuer Plan, mich zu töten?« Ihr Blick war eindringlich, voller Fassungslosigkeit und Enttäuschung. Genau wie damals, als sie von seinem Gastspiel bei der Dienstmagd erfahren hatte.

Teran hatte gehofft, diesen Ausdruck nie wieder in ihrem wundervollen Gesicht sehen zu müssen. Doch nun hatte er es offensichtlich erneut vermasselt. Nach all der Zeit hatte sie ihm wieder Vertrauen entgegengebracht. Nicht nur in seine Treue, sondern auch in seine Fähigkeit, das Land zu retten. Ralias Augen füllten sich mit Tränen, ihre Unterlippe bebte. Zorn und Trauer mischten sich in ihrem Gesicht zu diesem einen unverkennbaren Ausdruck. Er sah zu, wie sie sich zwang, einen großen Klumpen Bitterkeit herunterzuschlucken.

Sein Hals wurde trocken, und er war nicht imstande, etwas auf ihre Worte zu erwidern.

»Na ja«, mischte sich die Demonica ein, »immerhin scheinst du der Mensch zu sein, den er liebt. Wen müsstest du in diesem Fall töten? Teran?«

Ralia stand auf und ging zur Tür. Als ihre Hand die Klinke erreichte, packte Teran sie am Arm.

»Ralia! Mir ist egal, was sie sagt. Ich brauche dich jetzt. Die Menschheit braucht dich jetzt. Alles andere spielt keine Rolle. Wir müssen da rausgehen und unser Land verteidigen!«

Sie befreite sich aus seinem Griff und schlug mit den Handballen auf seine Brust. »Du Schwachkopf! Warum tust du uns das an?«

In diesem Moment musterte sie etwas an seinem Arm. Dort bildete sich ein kleiner, hellblau aufleuchtender Punkt.

»Es geht los, Ralia. Die Speerschleuder wird ihre ersten Opfer gefordert haben. Wir müssen raus und kämpfen.«

Sie zögerte.

»Meine Bogenschützen und wir zwei gegen eine Armee. Wie in alten Zeiten.«

Ralia blickte traurig auf und hielt einen Moment inne, als würde sie sich an jene Zeiten erinnern. Sie seufzte schwer. »Ich kämpfe mit dir. Aber ich tue das nicht für dich, sondern für das Reich. Unser Kampf ist noch nicht zu Ende!«

Teran nickte. Schließlich riss er die Tür auf und bat Ralia, vorzugehen.

»Wenn es nicht gut läuft«, rief die Demonica hinterher, »denkt über meinen alternativen Preis nach. So oder so, ruft mich, wenn ihr bereit seid.«

Als sie die Stufen nach unten erreichten, eilte ihnen ein keuchender, aufwendig gewandeter Herr entgegen. »Da seid

Ihr ja, Lady Ralia. Der Kaiser macht sich schon große Sorgen. Die Feinde greifen an, und ferner sieht die Organisation unserer Verteidigung etwas orientierungslos aus.«

Im Vorbeigehen antwortete Ralia: »Wir müssen improvisieren. Richtet dem Kaiser aus, ich brauche so viele seiner Leibwächter wie möglich. Sie sollen mir aufs Feld folgen. Beeilt Euch!«

Sie erreichten eine Tür, durch die bereits das Knarren und Quietschen der schweren Speerschleuder drang. Während der Mann nach unten eilte, folgten die beiden dem Weg auf die Burgmauer, wo ihnen die Kälte gnadenlos ins Gesicht schlug.

Sie hasteten die Zinnen entlang. Das gewaltige Geschoss der Schleuder flog weit durch die eisige Luft über den Bach und einzelne Gehöfte hinweg, bis es in einem Pulk aus feindlichen Soldaten einschlug. Wie viele es erwischt hatte, konnte Teran von der Burg aus nicht erkennen. Doch es wirkte völlig bedeutungslos bei der schieren Masse an Soldaten, die auf die Burg zumarschierten.

Teran stoppte Ralia. »Siehst du da vorn den Vierkanthof? Da werden wir uns verschanzen. Du, die Leibwachen, ich und ein paar Schützen. Die Restlichen bleiben in Schussreichweite, hinter dem Bach.«

»Was, wenn sie den Hof ignorieren und gleich auf die Schützen losgehen?«

»Darum werde ich mich kümmern.«

Teran rannte zu dem Rondell inmitten der Burgmauer, auf dem die Speerschleuder aufgebaut war. Er gab dem Baumeister einige Anweisungen und bedeutete Ralia, ihm weiter zum Torhaus zu folgen. Die Zeit, bis sich die Tore öffneten, nutzte Teran, um sich mit seinen Hauptmännern zu besprechen. Der eine rannte anschließend zu den Stallungen, der andere trommelte die Schützen zusammen, um Teran und

Ralia auf das Feld zu folgen. Sie verließen die Burg.

Am Bach angelangt, befahl Teran, anzuhalten. »Du, Bertrand, nimmst dir dreißig Schützen und bleibst hier hinter dem Bach. Teilt euch nebeneinander in drei Blöcke auf. Ihr bleibt stehen, so lange wie ihr nur könnt.« Teran erhob die Stimme und wandte sich an alle: »Keiner verlässt seinen Posten, bis sie nicht den Bach überquert haben. Flieht jemand vorher, werde ich ihm persönlich einen Pfeil in den Arsch jagen!«

Die Soldaten lachten.

»Vergesst nicht, ihr müsst nur so lange durchhalten, bis unsere Verstärkung eintrifft. Ihr wisst, der Kaiser persönlich schaut euch zu. Also zeigt ihm, warum wir die besten Bogenschützen des Landes sind!«

Ralia stupste ihn an und deutete auf die herbeigeeilten Menschen. Es waren zehn Leibgardisten und noch zwei weitere Schützen, von denen einer eine glühende Kohlepfanne trug. Sie überquerten anschließend den zugefrorenen Bachlauf. Kurz bevor sie das Holztor des in sich geschlossenen Vierkanthofes erreichten, flog ein riesiger Speer über sie hinweg und krachte in die gegenüberliegende Mauer.

»Guter Schuss«, murmelte Teran und war schon dabei, das Tor zu öffnen.

Als alle im Hof waren, wurde der Eingang von innen verbarrikadiert. Auf der anderen Seite befand sich die Bresche, die der schwere Bolzen geschlagen hatte. Durch sie hindurch konnte man den Ansturm des wilden Heeres beobachten.

Teran wandte sich an Ralia: »Du und die anderen verteidigt die Bresche. Ich platziere mich mit den Schützen auf dem Dach des Stalls.«

»Gut. Was hast du deinem Hauptmann gesagt, der in der Burg geblieben ist?«

»Du wirst schon sehen«, antwortete Teran grinsend.

Ralia nickte. Sie schauten sich einen Moment tief in die Augen. Es schien, als würden beide vom jeweils anderen ein paar Worte erwarten. Doch es blieb still.

Schließlich legte Teran etwas unbeholfen seine Hand auf Ralias Schulter und sagte: »Wir schaffen das.«

Ralias Augen wurden glasig, aber sie erwiderte nichts. Stattdessen wandte sie sich von ihm ab, wischte mit dem Arm Tränen aus ihrem Gesicht und marschierte in die Mitte des Hofes, wo sich bereits die schwer gepanzerte Leibgarde des Kaisers versammelt hatte. Mit fester Stimme hörte er sie rufen: »Mir ist kalt! Also wird es Zeit für etwas Bewegung, nicht wahr, Männer?«

Teran und eine Handvoll Schützen bezogen Stellung auf dem flachen Dach. Von dort aus hatten sie einen guten Blick in den Hof, wo Ralia dabei war, die Männer zu positionieren. Dahinter sah er die feindliche Armee.

Eine Vorhut hatte sich von dem übrigen Heer abgesetzt und nahm an Geschwindigkeit zu. Die schiere Masse an Kriegern war überwältigend, und er fragte sich, ob die Feinde überhaupt Geschöpfe dieser Erde waren. Ihre weiße Haut wirkte aus der Ferne wie Birkenrinde. Schwarze Mäuler wurden immer wieder für Kriegsschreie aufgerissen, und aus den tief sitzenden, dunklen Höhlen funkelten bernsteinfarbene Augen. Zwischen den Kriegern drängte sich eine Handvoll vierbeiniger Spinnenwesen, deren Körper knapp über die Köpfe der anderen ragten. Die Schützen wurden unruhig.

»Keine Sorge, sie bluten genauso wie wir!« Teran hielt seine kalten Hände einen Moment über die Kohlenpfanne, ehe er einen Pfeil in ihr entzündete. »Und die Großen da, die brennen besonders gut.«

Das dumpfe Stimmengewirr der mordlustigen Krieger verwandelte sich in ein klar wahrnehmbares Kreischen, begleitet von einem gierigen Geifern. Der Boden vibrierte und ließ den Verteidigern die Haare zu Berge stehen.

Ralia zog ihr Schwert und hielt es mit beiden Händen. Sie stand als Erste knapp drei Meter vor der Bresche und starrte kampfbereit dem Feind entgegen.

Die Entfernung abschätzend, beobachtete Teran die heranrahende Masse. Er warf noch mal einen erwartungsvollen Blick zurück auf die Tore der Burgmauer und wandte sich dann an die Bogenschützen hinter dem Bach. Ihr Atem verdampfte sichtbar in der kalten Luft, doch am auffälligsten war Bertrands Glatze, welche dampfend in der mittleren Gruppe hervorstach.

Teran hob den Arm, deutete auf die äußeren Schützen, welche daraufhin Pfeile anlegten und ihre Bögen spannten.

»Die sind ganz schön schnell«, bemerkte einer der Schützen neben ihm.

»Ja, schnell tot!«, antwortete er und riss seinen Arm ruckartig nach unten. Zwanzig tödliche Pfeile krachten in die Flanken der Vorhut. Die Getroffenen stürzten zu Boden und ließen weitere Feinde dahinter stolpern. Das Manöver trieb sie geradewegs auf den Hof zu, wo Ralia und ihre Männer bereit waren, zu kämpfen. Teran hatte seine Frau fest im Blick, hoffend, dass sie sich noch mal nach ihm umsah. Doch es sollte bei seiner Hoffnung bleiben.

Nur noch wenige Meter trennten sie von diesen hässlichen Fratzen. Ihr Herz raste. All die Schmach, die sie heute erlebt hatte, verdrängte sie. Ralia wünschte, sie könnte einfach daran glauben, dass alles gut werden würde. Doch etwas sagte ihr mit einer aufdringlichen Klarheit, dass heute ihr Ende gekommen war. In einer Sache gab sie ihrem Mann jedoch recht. Niemals würde sie in der Ecke kauernd auf den Tod warten. Sie würde sich teuer verkaufen.

Die kreischenden Angreifer quetschten sich durch das Nadelöhr direkt vor ihr. Sie packte ihr Schwert fester und stürzte vorwärts. Dann war es so weit.

Mit einem beherzten Schwertstreich streckte Ralia den ersten Feind nieder. Dunkles Blut sickerte aus der Wunde und weihte den frostigen Boden mit der Schlacht ein. Mit weit aufgerissenem Maul sprang der nächste Feind auf sie zu. Sie ließ das Schwert einer eleganten Drehung folgen und tötete auch ihn. Der Hof füllte sich mit Kriegern, sodass die Leibwache des Kaisers ebenfalls in den Genuss des Kampfes kam.

Teran erteilte Befehle an seine Streiter: Die Schützen draußen versorgten die Masse mit Pfeilen, und jene, die auf den Ställen und Mauern verteilt waren, kümmerten sich um vereinzelte Feinde im Hof. Besonderes Augenmerk galt dabei den Angreifern, die versuchten, über die Mauern zu klettern. Nur Teran selbst hatte nicht einen Schuss abgegeben. Er hielt den brennenden Pfeil bereit und wartete.

Sein Instinkt schien ihn nicht getäuscht zu haben. Eines der Spinnentiere brach aus der Masse heraus und stürmte am Hof vorbei in Richtung der Schützen. Terans brennender Pfeil flog durch die Luft und schlug in den haarigen Körper ein. Das Tier ging sofort kreischend in Flammen auf, stürmte brennend weiter und wurde von Bertrands Schützen mit Pfeilen gespickt. In der Senke des Baches brach es schließlich zusammen und ließ das Eis unter sich schmelzen.

Ralia und ihre Kämpfer mühten sich ab, der Masse Herr zu werden. Drei Feinde stellten sich ihr gleichzeitig entgegen.

Sie erstach den Ersten, zog ihr Schwert aus dem Sterbenden und nahm den Schwung, um gleich den Zweiten zu erledigen. Der Dritte nutzte die ausbleibende Deckung und ließ seine sichelartige Waffe auf ihren Hals zu schnellen. Ehe Ralia verletzt wurde, steckte ein Pfeil in der Kehle des Angreifers.

Sie schaute zu Teran auf und rief: »Guter Schuss, Schwachkopf!«

Er setzte ein bitteres Lächeln auf. Dieser Satz war der erste gewesen, den er von Ralia gehört hatte. Damals, als er sie im Krieg kennengelernt hatte. Doch es blieb keine Zeit, um in alten Erinnerungen zu schwelgen. Er schoss Pfeil um Pfeil auf seine Feinde nieder, wobei ihm nicht ein Fehlschuss unterlief.

Nach einer Weile drehte sich Ralia erneut zu ihm um. Die Schweißperlen auf ihrem Gesicht dampften in der Kälte. Keuchend rief sie: »Wie viele?«

Teran schob seinen Ärmel hoch und betrachtete die leuchtenden Punkte. »Hundertzwanzig!«

Sie stieß einen Fluch aus und warf sich auf den nächsten Gegner. Zunehmend gelang es den Feinden, über die Mauern zu klettern, sodass sie neben der Bresche nun auch die Umgebung ringsum im Auge behalten mussten. Die Schützen waren bemüht, ihnen den Rücken freizuhalten. Die Masse der Armee drückte nach, sodass der Vierkanthof langsam eingekesselt wurde. Vereinzelte Krieger schafften es über den Bach und sorgten für erste Opfer unter den Schützen. Teran drehte sich wieder zum Tor der Burg, und wie gerufen kam ein Hochgefühl in ihm auf.

Die Tore öffneten sich und ließen ein Dutzend reiterlose Pferde auf die Schlacht zu galoppieren. Grinsend schnappte er sich einen weiteren Pfeil aus seinem Köcher. Jemand packte sein Bein. Die Kreatur hatte es geschafft, den Stall hochzuklettern, und versuchte, ihn herunterzuzerren. Doch Teran verpasste dem Krieger einen heftigen Tritt unter das Kinn und beförderte ihn damit schreiend zu Boden. Er ließ den Blick schweifen und verschaffte sich einen Überblick. Knapp zehn Opfer mussten sie beklagen, darunter drei Leibwachen. In Anbetracht des Kräfteverhältnisses ein herber Verlust.

Er packte einen Schützen in seiner Nähe. »Du hältst mir den Rücken frei!« Dann entzündete er den Pfeil in den Kohlen und behielt die Pferde im Auge, die je ein halbes Dutzend Fässer hinter sich herzogen. Sie sprangen über den Bach und stürmten weiter auf das angreifende Heer zu.

Einige Kommandanten erahnten die Gefahr und riefen hektische Befehle in die Luft. Das erste Pferd wurde von einem der Spinnenwesen ins Visier genommen und kurzerhand in Stücke gerissen. Zwei weitere wurden von Wurfäxten aufgehalten. Die übrigen preschten mit voller Wucht hinter die feindlichen Linien. Jetzt war der Moment, in dem Terans Künste gefragt waren. Er hielt seine Finger prüfend in die kalte Luft, setzte den Pfeil an und ließ ihn vorschnellen. Dieser flog brennend über die Köpfe der Feinde hinweg und schlug in eines der Fässer ein. Eine Explosion, gefolgt von einer gigantischen Stichflamme, riss alles um sich herum in den Tod. Seine Männer jubelten. Ein weiteres Mal ließ er ein solches Schauspiel folgen und sorgte damit für neuen Mut bei den Verteidigern. Einen Feuerpfeil nach dem anderen schoss er in die Luft und ließ seine Feinde brennen.

Ralia sah die Stichflammen über die Mauern des Hofes ragen und jubelte, als wäre der Sieg nah. Wie eine Furie drehte sie sich hin und her, und jeder ihrer Hiebe hinterließ ein Opfer.

Unvermittelt packte Teran sie an den Schultern. Beinah hätte sie ihn mit dem Schwert erschlagen, doch hielt rechtzeitig inne. Strahlend sagte sie: »Du bist ein Genie, Teran! Wie viele haben wir?«

Doch sein Gesichtsausdruck verhieß nichts Gutes. »Das waren die letzten Fässer.« Er hob seinen leuchtenden Arm. »Dreihundertsiebzig.«

Entsetzt sah sich Ralia um. »Dreihundertsiebzig?«

Immer mehr Feinde schafften es auf die Mauern und Gebäude des Hofes. Die Schützen waren nur damit beschäftigt, sich im Nahkampf zu verteidigen. Nicht ein Pfeil bot noch Unterstützung.

Einer von ihnen eilte zu ihnen und rief aufgeregt: »Kommandant! Bertrand ist gefallen, die Hälfte der Schützen ist geflohen.«

Ralia sackte auf die Knie, während die tobende Schlacht in ihrem Rücken zunehmend verzweifelter wurde.

»Steh auf«, forderte Teran und schoss zwei Pfeile, um herannahende Feinde aufzuhalten. »Wir müssen sie rufen. Sonst sterben wir alle!«

»Möchtet ihr etwa auf mein Angebot zurückkommen?« Süffisant grinsend stand die Demonica ihnen gegenüber, als hätte sie sich aus der Luft geschält.

Teran warf einen Blick zu Ralia und spürte die Bitterkeit auf seiner Zunge. Dann schaute er auf das hinter ihr liegende Chaos, auf Tod und Verderben, das er über sie gebracht hatte. Er wandte sich zur Demonica.

»Versprich mir«, sagte Teran eindringlich, »dass du deinen Teil der Abmachung einhältst!«

»Selbstverständlich«, antwortete sie knapp und reichte ihm voller Vorfreude einen Dolch.

Entschlossen spuckte er aus und griff nach der Waffe. Er schloss die Augen, legte seinen Kopf in den Nacken und atmete einmal tief durch. Dann sackte er auf die Knie und reichte den Dolch an Ralia weiter. »Tu du es. Ich zahle für meinen Fehler.«

»Auf gar keinen Fall!«, entgegnete sie. »Du verbockst die Sache und überlässt mir das Leid? Ich soll weiterleben und die Schmerzen ertragen? Deinen Verlust und die Schmach gegenüber dem Kaiser? O nein! Du hast den Handel ausgemacht, also zahlst du auch den Preis der Demonica.« Ihre Augen füllten sich mit Tränen, dann reckte sie ihren Hals nach vorn. »Tu es. Ich werde dich nie mehr verachten können als jetzt. Darum tu es!« Sie schloss die Augen, und Tränen liefen über ihre Wangen.

Während die Demonica gierig grinsend danebenstand, nahm Teran den Dolch fest in die Hand und trat an Ralia heran. Er schaute sich um. Begleitet von triumphierenden Schreien, stürzte sich ein Pulk aus Kriegern auf die letzten Leibwachen. Überall, wo er hinsah, lagen Leichen. Er schluckte den dicken Kloß in seinem Hals herunter, der wie flüssiges Feuer in seine Magengrube fiel. Doch dann brach es aus ihm heraus. Laut schluchzend begann er zu weinen. Seine Hand zitterte.

»Jetzt hör auf zu heulen«, stieß Ralia mit verschlossenen Augen aus, »und trage wenigstens dieses eine Mal die Konsequenzen für dein Handeln. Tu es jetzt!«

Er schluckte, packte Ralias Kopf und schnitt ihr die Kehle durch. Dann brach er schreiend zusammen.

Die Demonica sog sein Leid förmlich auf. Den sonst makellosen Gesichtszügen entglitt ein gieriges Geifern, wobei für einen kurzen Moment große schwarze Zähne hervortraten.

Eine lange, dunkle Zunge peitschte nach vorn und glitt gierig über ihre Lippen. Dann fasste sie sich.
»Hol alle aus der Burg«, befahl sie Teran.

Dieser reagierte nicht.

Sie packte ihn und schrie ihn an: »Alle müssen die Burg verlassen. Sofort!«

Teran ignorierte sie. Ihm war alles egal.

»Willst du, dass ihr Tod umsonst war?«

Taumelnd warf er einen Blick auf seine tote Frau.

»Steh auf, Teran!«

Dieser bemerkte ein Pferd, das irgendwie durch die Bresche gesprungen war und immer noch ein brennendes Fass hinter sich herzog. Er passte es ab und stoppte es mit einem Griff in die Mähne. Kurz darauf warf er den leblosen Körper Ralias auf das Pferd und entkam galoppierend nur knapp der nahenden Masse an Kriegern. Heftig trieb er das Pferd an und überquerte den Bach. Mit verschwommenem Blick realisierte er, dass die weit entfernten Flanken der riesigen Armee auf dem Weg waren, die Burg zu erstürmen. Er war der einzige Überlebende.

»Öffnet die Tore!« Angesichts der herannahenden Armee schauten die Wachen ungläubig zu Teran, der bemüht war, sein Pferd zu beruhigen. »Macht verdammt noch mal die Tore auf!«

Einer der Wachen beugte sich über die Zinnen und schüttelte den Kopf.

Teran blieb hartnäckig: »Alle müssen die Burg verlassen! Es ist unsere einzige Chance. Holt den Kaiser und kommt heraus oder ihr werdet sterben.«

»Aber die Armee …«

»Tut es einfach!«

Der Mann warf einen nervösen Blick auf das herannahende Heer, nickte ihm dann zu und verschwand. Als sich Teran umdrehte, erblickte er die erwartungsvolle Demonica Ihr einen vorwurfsvollen Blick zuwerfend, stieg er vom Pferd und bettete die Leiche von Ralia auf den Boden. Niederkniend schloss er ihre Augen und bemerkte dann, dass die Menschen zögerlich vor die Tore der Burg traten.

In ihren Gesichtern war die nackte Angst zu erkennen.

Ein Mann, bewaffnet mit einer Armbrust, näherte sich Teran. »Ist das Euer Ernst? Die Armee wird uns gleich erreichen. Was verdammt machen wir hier draußen?«

»Wir warten«, entgegnete Teran und stand auf.

»Warten? Vor den Mauern? Wir müssen doch irgendwas tun«, protestierte der Schütze und erntete zustimmendes Nicken der Übrigen.

»Nein. Wir paar Leute werden nichts gegen zehntausend Krieger ausrichten. Wir warten.«

Zum zweiten Mal an diesem Tag spürte er den Boden vibrieren und hörte das grässliche Kreischen seiner Feinde. Sie waren schon so nah. Einer der Bediensteten verlor die Nerven und wollte zurück in die Burg fliehen, doch Teran hielt ihn an der Schulter fest.

»Da ist der Kaiser«, rief eine Frau aufgeregt.

Langsam und herrschaftlich schritt er daher. Teran warf einen Blick zur Demonica, welche ihm zunickte. Daraufhin machte er ein paar schnelle Schritte auf den Kaiser zu, packte seinen Mantel und zerrte ihn unter Protest der letzten Leibgardisten vor die Tore.

Einer der Wachleute drückte ihm eine Hellebarde in den Bauch. »Unerlaubtes Anfassen des Kaisers bedeutet den Tod.«

In dem Moment rauschte eine Wurfaxt über sie hinweg und traf den Wachmann in die Brust. Weitere dieser Wurfwaffen prasselten auf sie ein.

»Zurück in die Burg!«, rief ein Gardist, und alle machten sich reflexartig auf zum Rückzug. Doch ehe jemand den schützenden Hof erreichen konnte, krachten die Tore zu.

Der Kaiser warf Teran einen vernichtenden Blick zu. Sie waren der feindlichen Armee schutzlos ausgeliefert. Erneut erfasste sie ein Vibrieren. Es wurde gar zu einem Beben. Die Menschen hatten Schwierigkeiten, sich auf den Beinen zu halten. Große Steine bröckelten von den Zinnen.

»Weg von den Mauern!«, rief Teran.

Einige zögerten, denn dies bedeutete, den Feinden in die Arme zu rennen. Plötzlich rissen die beiden Außentürme der Burg aus dem Boden. Erde und Steine fielen nieder, und die Mauer stürzte in sich zusammen. Vom Hauptgebäude krachten riesige Brocken Gesteins herunter, und es schien, als würde sich die Burg aus der Erde erheben. Zwischen zwei Fenstern aus Buntglas formte sich ein riesiges Maul mit meterlangen Zähnen. Die bunten Scheiben bildeten ein Augenpaar, Burgzinnen reihten sich auf wie ein Kamm. Als plötzlich zwei riesige Schwingen über dem Horizont schlugen, schien das Werk vollendet: ein Drache!

Das mächtige Tier brüllte in den kalten Himmel hinauf und ließ den Ansturm der feindlichen Armee ins Stocken geraten.

Die Demonica warf einen zufriedenen Blick zu Teran und sagte: »Das ist jetzt deiner.«

Voller Ehrfurcht und Begeisterung schaute er dem gewaltigen Geschöpf in die Augen. Grummelnd senkte es den Schädel zu ihm hinab und ließ sich von Teran anfassen.

»Wenn Ralia das nur sehen könnte«, klagte er voller Wehmut. »Es erfüllt mich mit Schmerz und Wut, dass sie in dem Glauben verstarb, ich sei ein Idiot.« Ein Brennen in seiner Magengrube flammte heftig auf. »Ralia … meine Liebe. Ich versuche, deinetwegen nicht zu grollen. Doch ich hoffe, du kannst es von irgendwo aus sehen. Sehen, wie ich das Kaiserreich rette. Mein Drache wird uns den Sieg bringen!«

»Teran, der listige Bogenschütze!«, rief einer der Anwesenden, und es dauerte nicht lang, da skandierten sie seinen Namen.

Siegessicher schaute er dem Drachen in die Augen und dann auf die feindliche Armee. Er riss den Arm nach vorn und befahl: »Töte sie!«

Der Drache erhob sich in die Luft und stürzte sich auf Terans Feinde. Er krachte mitten ins Getümmel und schlug mit der Wucht eines heftigen Erdbebens ein. Beinah die Hälfte der Armee verlor dabei das Gleichgewicht.

Überall im Boden bildeten sich Risse, welche die Krieger verschluckten, als Würde der Drache über die Erde gebieten. Mit dem riesigen Maul biss er sich durch die Kriegermassen wie ein Wolf durch seine Beute. Der Schwanz peitschte wild, und jeder Versuch, den Drachen zu verletzen, scheiterte an seiner steinernen Haut.

Zwei Wachen führten die feindliche Anführerin von dem mit Leichen übersäten Schlachtfeld zum Kaiser. Die groß gewachsene, dürre Frau trug einen langen schwarzen Mantel mit einem von Knochen gestützten Kragen. Über der hohen weißen Stirn wuchs strähniges, dünnes Haar, und ihre dunklen Augen wanderten trotz ihrer Niederlage immer noch respekteinflößend zwischen den Anwesenden hin und her.

Neben dem Kaiser stand Teran, und aus der Entfernung beobachtete die Demonica das Geschehen.

Der Kaiser beugte sich zu Teran und flüsterte ihm scharf ins Ohr: »Sich mit einer Demonica einzulassen, ist der absolute Irrsinn! Darüber sprechen wir noch. Doch für den Moment gratuliere ich Euch zum Sieg.« Dann straffte er sich und richtete das Wort an die Anführerin: »Kniet nieder!«

Als Reaktion flüsterte sie einem der Wachmänner etwas ins Ohr, der daraufhin sagte: »Sie fragt, ob sie vorher ihren Mantel ausziehen dürfe.«

Der Kaiser nickte.

Teran beobachtete, wie die Anführerin einen Blick mit der Demonica austauschte. Er runzelte die Stirn und überlegte, ob das ein Zufall war.

Als die Anführerin ihre nackte Haut entblößte, sah er auf ihrem Körper Hunderte blaue Punkte aufleuchten. Dann krächzte sie in lang gezogenen Worten: »Siebentausend Seelen. Wie abgemacht, Demonica. Ich fordere nun meine Gegenleistung!«

Die Demonica grinste und hob ihre Arme in die Luft. Kurz darauf zuckten die Leichen auf dem Schlachtfeld. Sie erhoben sich und fuhren zusammen wie Magnete. Daraus bildete sich ein enormer Klumpen und wurde zu einem riesigen Körper, der auf die doppelte Größe des Steindrachen anwuchs. Er hatte vier kräftige Beine, einen Schwanz und einen riesigen Schädel mit langen Zähnen aus Knochen. Ein Drache, geformt aus den Leichen des Schlachtfeldes und mit Schwingen aus violettem Dunst, geschaffen aus den Seelen der Toten. Knurrend ließ er seine schwarzen Augen über das Feld wandern. Dann traf sein kampfeslustiger Blick den des Steindrachen.

»Der Preis der Demonica wurde bezahlt«, sagte die Anführerin und kletterte auf den Rücken des gewaltigen Drachen. »Nun nehmen wir das Kaiserreich ein!«

Ende

Die Schwarze Hand

»Marie, hörst du mich?«, fragte ich das gefesselte Kind. Es schüttelte schluchzend den Kopf. »Marie, du musst tun, was ich dir sage!«

»Ich darf nicht mit dir reden. Nur wegen dir bin ich hier!«

»Ich weiß«, hauchte ich.

Eine fast abgebrannte Kerze stand auf einer morschen Kommode, dessen Licht sich bemühte, den Schatten der Liege an die Wand zu werfen. Marie versuchte vergebens, mit ihren Händen etwas Luft zwischen ihren Bauch und dem engen Lederriemen zu bekommen.

»Inspektor Grayson war hier«, erklärte sie. »Er sagte, Menschen wie ich sind schuld an den vielen Toten. Er sagte auch, dass ich die nächste Schwarze Hand sein könnte. Dass ich vielleicht sogar die Schwarze Hand bin.«

»Er hat unrecht«, flüsterte ich.

Das dumpfe Klirren eines Schlüsselbunds kündigte das Ende unserer Zweisamkeit an. *Zu früh*, dachte ich. Aber ich würde mich der Situation stellen. Marie würde sich der

Situation stellen.

Ich hörte, wie ein schwerer Stahlbolzen zur Seite geschoben wurde. Ein Klacken und die Eisentür öffnete sich. Dem braun uniformierten Mann folgte ein gelber Lichtschein, den eine Frau in Form einer Gaslampe vor sich her trug. Die in ein dunkles Gewand gehüllte Dame bedeckte ihr Haar mit einer weißen Haube. Ihr streng zugeschnürtes Dekolleté zierte ein silbernes Kreuz. Sie stellte die Lampe auf den kleinen Tisch am Kopf der Liege und beugte sich über Marie. Dem strengen Gesicht entsprang eine ruhige, freundliche Stimme.

»Na, meine Kleine? Wie geht es dir?«

Marie schwieg.

»Hörst du immer noch die Stimme in deinem Kopf?«

»Sag Nein!«, beschwor ich sie.

»Ja. Sie spricht gerade zu mir.«

»Marie, tu das nicht!«

Die Dame bekreuzigte sich. Liebevoll umfasste sie Maries Gesicht. Dann warf sie einen bedauernden Blick zur Tür und nickte jemandem zu. »Weißt du, meine Kleine, Doktor Glen hat eine neue Methode entwickelt, wie wir dir helfen können.«

»Sie lügt!«

»Dazu musst du jetzt nur ganz brav sein. Bist du das?«

Marie schwieg. Unterdessen kam ein junger Mann mit einem Sack Sägespäne in den Raum. Er schob die Liege in die Mitte und verteilte die Späne rundherum. Dann verschwand er wieder und wurde von einem älteren Herrn in einem blutverschmierten Kittel abgelöst. Dieser schleuderte einen Koffer auf das Fußende der Liege und verließ den Raum anschließend. Der Koffer schlug auf und verteilte seinen Inhalt: Messer, Hammer, Spritzen, eine Säge.

»Marie, du musst jetzt auf mich hören!«, flehte ich sie an. »Wenn die mit dir fertig sind, wirst du entweder tot sein oder hier auf ewig sabbernd mit anderen Irren dein Leben fristen. Sie wissen, es ist unmöglich, dich zu heilen. Doch sie wollen dich operieren, weil deine Eltern viel Geld dafür bezahlen. Weil man ihnen versprochen hat, dass du nach der Operation nicht mehr mit mir reden wirst. Was gewissermaßen stimmt, aber nur, weil du dann nie mehr in der Lage sein wirst, überhaupt einen vollständigen Satz zu formulieren. Dass ich zu dir spreche, können sie nicht verhindern.«

Marie weinte.

»Es tut mir leid, dass ich dir das antue. Aber du bist das tapferste Mädchen, das ich kenne. Wenn du tust, was ich dir sage, wirst du hier rauskommen, deine Eltern wiedersehen und dafür sorgen, dass die Schwarze Hand vernichtet wird!«

Eine Krankenschwester löste die erste Dame ab. Sie zog an einer Schnur an der Decke und schaltete eine flackernde Glühbirne ein.

»Mein Kind, ich habe hier eine Pastille. Die hilft dir dabei, keine Angst zu haben und gesund zu werden. Öffne deinen Mund.«

»Schluck sie nicht runter. Marie!«

Sie nahm die Pastille in den Mund und schob sie in die Backentasche.

»Gut. Sobald die Frau weg ist, spuck sie aus.«

Die Krankenschwester setzte ein einstudiertes Lächeln auf und verließ den Raum. Es kehrte wieder Ruhe ein. Der Schließer bewachte mit dem Rücken zu uns die Tür, war aber damit beschäftigt, anderen Schwestern nachzuschauen. Ohne dass ich die Anweisung wiederholen musste, spuckte Marie die Pastille aus.

»Gut. Siehst du das Messer auf deiner Liege? Stell deinen Fuß darauf.« Sie ahnte bereits, worauf ich hinauswollte. Im Handumdrehen war der Lederriemen durchgeschnitten. Ich wusste, warum ich sie ausgewählt hatte. »Gut so. Wir müssen hier raus. Das wird nicht einfach, aber du schaffst das. Nimm das Messer in deine starke Hand. Schleich dich an den Mann heran.«

Das Mädchen stand vorsichtig auf und schlich auf nackten Füßen zur Tür. »Weißt du noch, wie du mit deinem Vater Nägel in den Holzbalken gehauen hast?«

Marie nickte.

»Damit die Nägel verschwanden, musstest du mit aller Kraft zuschlagen. Ramm das Messer mit genauso viel Kraft in die Kniekehle des Mannes.«

Sie wischte sich Tränen aus den Augen. Ich spürte, wie sie zögerte. »Tu es. Für deinen Vater. Für deine Familie.«

Ihr rutschte ein Schluchzen über die Lippen. Der Mann drehte seinen Kopf.

»Jetzt!«

Marie rammte ihm das Messer ins Bein.

»Lauf!«

Schreiend sackte der Schließer zusammen, während Marie an ihm vorbei auf den Gang stürzte. Dieser erstreckte sich in einem großen Bogen, regelmäßig flankiert von Zellentüren auf beiden Seiten. Doch direkt geradeaus ging es Richtung Treppenhaus, wo ich sie lang dirigierte. Schnell eilten weitere Wärter alarmiert dem Verletzten zu Hilfe, der in unsere Richtung zeigte.

»Die Treppe runter!«, rief ich.

Ein paar Stufen tiefer hörten wir aufgebrachte Wachleute. »Bleib stehen, du dreckige Göre!«

Marie eilte Stufe um Stufe hinab. Die Männer waren schneller und kamen immer näher.

»Marie, nur noch eine Etage, dann findest du unten links einen Schacht. Du musst das Gitter abziehen und reinkriechen.

Sie sind zu groß, um dir zu folgen!«

Sie erreichte den Schacht am Fuß der Treppe und fingerte an dem Gitter herum.

»Beeil dich!«

»Ich mach' ja schon«, schluchzte sie. Als sie die Beine der Männer am oberen Ende der Stufen erblickte, stieß sie einen verzweifelten Schrei aus. Es fehlte nicht mehr viel und das Trampeln der Stiefel hätte ebenso mich aus der Ruhe gebracht. Doch ich besann mich.

»Ich bin bei dir. Du schaffst das.«

Sie quetschte ihre Fingernägel unter den Rand des Gitters und zog daran, wobei sie sich einen Nagel einriss. Marie ignorierte die Schmerzen, das über ihre Hand laufende Blut und die Männer, die am Fuß der Treppe angelangt waren. Sie konzentrierte sich darauf, dieses Gitter aus der Wand reißen.

Es löste sich! Sie warf es beiseite und schlüpfte in den Schacht. Einer der Männer versuchte, sie am Bein zu packen, aber Marie krabbelte schnell genug davon. Die Flüche der Wachleute hallten blechern in ihren Ohren. Doch sie ließ sich nicht aufhalten! Das kalte, staubige Schachtsystem war verzwickt. Doch ich wusste genau, wo wir lang mussten. Nie wähnte ich mich meinem Ziel näher. Dank Marie!

Erwachsene waren schwach, ängstlich und hoffnungslos. Kinder hingegen widersetzten sich allen Widrigkeiten. Umso mehr schmerzte es mich, das tapfere Kind leiden zu sehen.

Als sie realisiert hatte, dass die Männer ihr nicht folgten, und sich ihr Puls normalisierte, fragte ich: »Erinnerst du dich noch an die Zeichnung, die ich dir beigebracht habe?«

Sie krabbelte knapp ein Dutzend Meter weiter, ehe sie ihr Tempo verlangsamte und innehielt. »Die Zeichnung, die ich in meiner Stube an die Wände gemalt habe?«

»Ja, genau die.«

»Ich hasse diese Zeichnung. Deshalb ist der Priester zu uns nach Hause gekommen. Jedes Mal, wenn ich sie gemalt habe, musste ich einen Rosenkranz beten. Wenn ich nicht gehorchte, schlug er mich mit dem Stock.«

»Ich weiß. Die meisten Priester verstehen die Zeichen nicht. Sie sind dumm. Sie haben Angst. Die Tatsache, dass du das Zeichen malen kannst, wird uns ans Ziel führen. Dafür müssen wir runter, in den Keller.«

»In den Keller? Ich hörte schlimme Dinge darüber! Von bösen Menschen, von der Schwarzen Hand und anderen Geistern. Ich will da nicht hin.«

»Du musst! Wenn wir am Ziel angelangt sind und du tust, was ich dir sage, dann werde ich dich beschützen können. Nur dann! Durch deine Hilfe werde ich die Schwarze Hand und alles Böse vernichten.«

Ich spürte ihren Zwist. Zunehmend war ihr danach, sich hinzulegen, einzurollen und nie wieder aufzustehen. Ich ließ es nicht so weit kommen.

»Siehst du das Gitter da vorn im Boden, wo etwas Licht durchscheint?«

Sie blieb mir eine Antwort schuldig.

»Dort müssen wir hin. Los jetzt.«

Ich war erleichtert, als sie sich fortbewegte. Am Gitter angekommen, lugte Marie durch die Streben. In der Mitte des Raumes stand eine leere, blutverschmierte Pritsche. Rundherum lagen Späne, die mit Blut und anderen menschlichen Überresten vollgesogen waren. Ein Operationssaal.

Zwei Männer entsorgten die glibberige Masse in einer Klappe in der Wand. Jedes Mal, wenn eine ihrer Schaufeln in die Späne glitt, hörte man es laut schmatzen.

»Sag kein Wort. Wir müssen da runter. Keiner dürfte nach ihnen den Raum betreten. Wir warten.«

Nach getaner Arbeit schalteten die Arbeiter die Glühbirne aus, verließen den Raum und schlossen die Tür hinter sich.

»Mir ist kalt.«

Die Klage ihrer weinerlichen Stimme ließ echtes Mitgefühl in mir aufkommen. Ich war schon zu lange bei Marie, doch davon durfte ich mich nicht beirren lassen.

»Du musst jetzt vorsichtig gegen das Gitter drücken. Halt es fest, damit es nicht nach unten fällt. Dann hangelst du dich runter auf die Pritsche und hüpfst ganz schnell in die Klappe.«

»Mir ist aber immer noch kalt!«

Mittlerweile hatte sie die Angst vor mir verloren und war längst nicht mehr so gefügig wie früher. Doch waren wir so weit gekommen.

»Ich weiß, dass dir kalt ist, aber …«, versuchte ich, sie zu beruhigen, doch ein Krachen ließ mich jäh aufschrecken. Marie hatte das Gitter eingedrückt und dabei nicht festgehalten. »Verdammt, ich sagte, halt das Gitter fest!«

»Hör auf, mit mir zu schimpfen!« Sie trommelte mit ihrer Hand auf den blechernen Wänden des Schachtes.

»Marie, verdammt, was tust du?«

»Wieso?«, fragte sie vorlaut. »Hast du etwa Angst, dass sie zurückkommen und dich aus mir rausschneiden?«

»Ich möchte doch nur, dass wir beide hier heil rauskommen.«

»Dann hör auf, ständig mit mir zu meckern!«

Ich seufzte innerlich. Das ist der Preis für ein aufgewecktes, intelligentes Mädchen. »Gut. Würdest du da nun runtersteigen, ehe jemand kommt, um nachzusehen, was das für Geräusche waren, bitte?«

Erleichtert stellte ich fest, wie sie sich herunterhangelte. Sie öffnete die Klappe und blieb zögernd davor stehen. Dann spürte ich, dass jemand den Gang entlangkam.

»Marie, spring! Ich verspreche dir, dass du weich fallen wirst.«

Nun vernahm auch Marie die Schritte auf dem Gang. Die Klappe war eng, aber sie würde hineinpassen. Ich hörte die Schlüssel am Schloss kratzen.

»Komm schon, sonst kriegen sie uns!«

Mit dem Klacken des Türschlosses schlüpfte sie endlich durch die Klappe. Sie rutschte, konnte sich dabei ein kurzes Kreischen nicht verkneifen und wurde eine Etage tiefer ausgespuckt. Wie versprochen, landete sie weich. Doch der Preis für die sanfte Landung war selbst für ein unbedarftes Kind kaum zu ertragen.

»Was ist das?«, rief sie entsetzt. Es stank bestialisch. »Warum klebt das so?« Panisch ruderte sie mit ihren Armen, um sich aus dem Sumpf aus menschlichen Überresten zu befreien. »Wo bin ich? Ich sehe nichts!«

»Ich werde dich leiten, versuche einfach, auf die Füße zu kommen.«

Sie grub sich mit ihren Händen durch die warme Masse.

»Dir kann hier nichts passieren«, redete ich beruhigend auf sie ein. Als sie endlich auf dem kalten Steinboden stand, übergab sie sich. Eine kleine Lichtquelle, die aus einer der umliegenden Klappen drang, ermöglichte Marie, zumindest Umrisse zu erkennen. »Das machst du gut, Marie. Du bist hier schon bald wieder raus. Lauf bis zur Wand.«

Marie weinte. Sie setzte sich auf den Boden und schluchzte lauthals los. Zwar war sie kein Mädchen, das Angst vor Spinnen hatte oder sich bei Gewitter unter der Decke verkroch. Aber das hier brachte sie an ihre Grenzen. Trotzdem mussten wir weiter, denn ich fürchtete, wenn wir uns hier zu lang aufhielten, würde uns jemand erwischen.

»Komm! Wir gehen raus hier. Wir müssen den Altar finden.

Dort gibt es ein altes Relikt, mit dem du es vermagst, mich in deine Welt zu holen.«

Ich war mir sicher, dass mir der Gestank zwangsläufig dazu verhalf, dass Marie ihre Tränen mit blutverschmierten Händen wegwischte und sich zu der Wand begab.

»Können wir von hier aus nur in den Keller gehen?«

»Ja«, log ich.

»Sie sprachen immer davon, dass sie Patienten wie mich in den Keller bringen. Ich habe Angst, solchen zu begegnen.«

Mit den Blutflecken, dem dreckigen Krankenhausleibchen und den rot geweinten Augen würde sie in den Katakomben kaum auffallen. Aber ... sie brauchte sich nicht vor ihresgleichen zu fürchten, sondern vor meinesgleichen.

»Dir wird kein Leid geschehen, solange du tust, was ich dir sage. Jetzt taste die Wand ab, einige Meter rechts von dir müsste eine auffällige Unebenheit zu spüren sein.«

»Hier?«

»Ganz genau. Jetzt schließe die Augen und male das Zeichen.«

Ich musste mich konzentrieren. Das Zeichen leuchtete, und kurz darauf schob sich ein massiges Stück Wand beiseite und offenbarte eine abwärts führende Steintreppe. Marie stieg zögerlich in die stickige Finsternis hinab, und fast zeitgleich schloss sich der Eingang wieder von selbst.

Was folgte, waren Dunkelheit und Stille. Diese dröhnte schier in ihrem Kopf. Nein. Da war keine Stille. Zumindest nicht mehr. Sie hörte in der Ferne dumpf hallende Geräusche. Schreie! Marie durchlief ein Schauer.

»Ich will hier nicht sein. Ich kann nichts sehen.«

»Keine Sorge. Ich sehe für dich. Laufe vorsichtig weiter.« Doch sie hielt sich die Ohren zu und bewegte sich kein Stück. »Komm, Marie, geh weiter. Ich passe auf dich auf.«

Sie atmete einmal tief durch und ertastete dann zaghaft die Wände des Gewölbegangs. Langsam lief sie vorwärts. Doch nach einer Weile blieb sie schon wieder stehen. Da war ein Atmen. Jemand kauerte links auf dem Boden und atmete schwerfällig. Maries Herz raste.

»Du kannst nicht umdrehen. Die Tür oben ist zu. Wechsel einfach die Seite und bleib ganz nah am Rand. Geh jetzt vorsichtig vorbei. Der ist harmlos.«

Misstrauisch tat sie, was ich sagte, und bewegte sich vorwärts. Dabei presste sie sich an die Wand und kniff die Augen zusammen.

»Gut machst du das. Weiter so. Jetzt hast du ihn erreicht. Noch ein Stück und du hast es geschafft.«

»Iiieh, was ist das?«, kreischte sie auf.

»Renn!«

Sie lief, so schnell sie konnte, bis Dutzende Meter später ein wenig Licht in den Gang drang.

»Geh die Stufen hoch. Jetzt links! Gut so, du kannst wieder durchatmen. Er verfolgt dich nicht.«

Irgendwo schien eine Lichtquelle zu sein, die es Marie ermöglichte, ein paar Meter weit zu schauen. Ein Gewirr an Geräuschen drang an ihre Ohren: In der Ferne schrie jemand unaufhörlich. An anderer Stelle wurde ein Hundebellen imitiert. Gemurmel und Geplapper, alles begleitet von einem undefinierbaren Dröhnen.

»Was liegt da vorn?«

»Leichen.«

Marie stockte. »Leichen?«

»Ja, aber die können dir nichts mehr tun. Schau geradeaus und steig einfach vorsichtig drüber. Es passiert dir nichts.«

Jede Leiche hatte am Hals eine aufgeplatzte Stelle, die von einem schwarzen Mal umrundet war. Das Mal der Schwarzen

Hand. Die vor Entsetzen aufgerissenen Augen zeugten von den letzten Sekunden ihres Lebens.

Für Marie war es zu dunkel, um solche Details zu erkennen. Sie stieg zaghaft mit ihrem Fuß zwischen die Körper. Als etwas ihre nackten Beine streifte, zuckte sie zusammen.

»Das sind nur Ratten«, belog ich sie. »Geh weiter!«

Ich spürte, wie es in ihrer Brust kalt und wieder heiß wurde. Doch ich durfte mich nicht von ihren Gefühlen ablenken lassen. Genauso wenig von meinen. Wut stieg in mir auf. Ein Gefühl, das ich nicht haben sollte. Doch wenn ich an die ganzen feigen Männer und Frauen dachte, die es trotz tiefster Frömmigkeit nicht vollbrachten, in ihrem ganzen Körper so viel Mut aufzubringen wie Marie in ihrem kleinen Finger, konnte ich nicht anders. Für die Bequemlichkeit und Feigheit der anderen musste sie jetzt dieses Leid erfahren.

Marie gelangte an eine Kreuzung. Von rechts drangen die gequälten Schreie eines Mannes. Links das verrückte, hysterische Gerede einer Frau.

»Marie, wähle den linken Weg.«

Doch sie dachte nicht daran. Sie lief geradeaus weiter.

»Was tust du? Du musst auf mich hören, wenn wir das überleben wollen!«

»Vielleicht musst du mal auf mich hören. Deine Ideen waren auch nicht immer gut. Jetzt gehen wir geradeaus!«

Sie hatte keine Ahnung, wie viel Glück wir bisher hatten. Doch ich entschied mich, nicht weiter mit ihr zu diskutieren. Ihre Stimme könnte Schlimmeres anlocken, und viel besser war der linke Weg nicht.

Diese Gänge hier wirkten nicht mehr wie ein Gewölbekeller. Es gab Türen und Zimmer und aus manchen schien sogar Licht. Nach einer Weile nahm Marie ein Schmatzen wahr. Ein Schmatzen, begleitet von einem gierigen Stöhnen. Es kam aus dem dunklen Zimmer, dessen Tür schief in der Angel hing. Ein fauliger Geruch stand in der Luft.

»Sieh nicht dorthin! Schau nur geradeaus und geh leise vorbei.«

Marie schritt langsam voran. Die widerlichen Geräusche aus dem Zimmer tönten so nah an ihrem Ohr, dass sie das Bedürfnis hatte, sie abzuschütteln. Plötzlich wurde das Schmatzen unterbrochen. Etwas schnupperte hörbar in die Luft. Marie zog ihr Tempo an. Ein heiseres Quietschen verriet, dass die Tür hinter ihr langsam aufgedrückt wurde. Das Schnuppern landete auf dem Gang.

»Geh schneller!«

»Ist da wieder jemand wie vorhin?«, flüsterte Marie kaum hörbar.

»Nein. Schlimmer. Hinter dir ist jemand wie ich.« Marie durchlief ein Schauer. »Du musst dich verstecken. Da vorn links ist ein Raum. Geh dort hinein und schließe die Tür!«

Sie folgte meinen Anweisungen. Dieses Mal ohne sie infrage zu stellen. Glücklicherweise steckte ein Schlüssel von innen. Marie schloss die Tür ab und lehnte sich mit dem Rücken dagegen. Es dauerte nicht lange und das Geräusch ungleichmäßiger Schritte drang in den Raum. Ein aufdringliches Schnuppern, direkt hinter ihrem Kopf. Die Nase, oder womit auch immer dieses Ding riechen konnte, wurde nur durch die wenigen Zentimeter der Stahltür von ihr getrennt. Marie blieb stocksteif stehen. Sie spürte, wie etwas auf Höhe ihres Rückens an der Tür kratzte.

»Geh von der Tür weg.«

Marie wagte es nicht, sich zu bewegen.

»Lauf in den Raum, das schwächt deinen Geruch.«

»Es ist so dunkel hier.«

»In der Mitte hängt eine Kette. Damit kannst du die Lampe

einschalten.«

Das war der nötige Anreiz. Sie lief ein paar Schritte, fischte nach der Kette und schaltete die Lampe ein. Es wurde kaum merklich heller, doch es reichte aus, um alles im Raum zu erkennen. Auf der anderen Seite standen ein großer Schrank sowie eine Kommode. Ansonsten war es hier leer. Das Kratzen an der Tür verstummte.

»Ich verstecke mich im Schrank«, sagte sie, doch auf halbem Weg hielt sie inne. Irgendetwas war passiert, was ich nicht spürte.

»Was ist los?«, fragte ich sie.

»Es riecht hier komisch.«

Die Gegenfrage, was hier nicht komisch roch, verkniff ich mir. Bei all den strengen Gerüchen wusste ich wirklich nicht, was sie plötzlich zum Anhalten bewegt hatte. Sie schaute sich aufmerksam in dem Raum um und machte Handbewegungen, als würde sie Spinnenweben entfernen. Nur da waren keine.

»Der Geruch erinnert mich an den Tag, an dem ich dich zum ersten Mal gehört habe.«

In Maries Kopf dröhnte es. Plötzlich verschwand das Licht, als wäre es verschluckt worden. Ein Klacken. Noch eins … und noch eins. Oben, von der Decke, als würde dort etwas laufen. Ich begriff endlich.

»Marie, raus hier!«

»Aber vor der Tür ist …«

»Du musst raus, die Schwarze Hand ist hier!«

Es muss die Panik in meiner Stimme gewesen sein, die Marie dazu bewegte, die Tür aufzuschließen. Mir war schleierhaft, wie ich sie durch diese Situation leiten sollte. Ein solches Gefühl war mir fremd, deswegen wusste ich nicht, wie man damit umging. Angst.

Marie handelte instinktiv. Sie riss die Tür nach innen auf

und verschanzte sich einen Moment dahinter. Das Wesen vom Gang stürzte wild hinein. Kurz darauf folgte ein irres Kreischen. Die Schwarze Hand hatte ihr nächstes Opfer gefunden.

Marie schlüpfte aus dem Zimmer und rannte. Sie rannte mit einer Entschlossenheit, die mir klarmachte, Menschen stets unterschätzt zu haben.

»Links oder geradeaus?

Wo soll ich lang?

Geradeaus?

Wo bist du?

Da hinten kommt irgendetwas.

Wo lang soll ich gehen?

Antworte mir!

Ich gehe rechts, da ist es heller!«

Sie lief durch einen langen Gang, in dem regelmäßig platzierte Deckenleuchten für gute Sicht sorgten. Einige Dutzend Meter hinter ihr verfolgte sie ein Poltern. Es verschluckte eine Lichtquelle nach der anderen, als würde jemand den Gang in Dunkelheit streichen.

»Da vorn stehen Leute. Die schauen alle zur Wand, ich will da nicht lang! Wo bist du?«

Marie stahl sich mit brennender Lunge an den Menschen vorbei. Niemand nahm Notiz von ihr. Ein Krachen ließ sie aufschrecken. Sie drehte sich um. Wo vorhin Menschen standen, lagen jetzt zuckende Leichen am Boden. Sie kreischte auf.

»Wo bist du? Hilf mir!« Sie rannte noch schneller. Maries Hoffnung auf Hilfe entflammte, als sie einen Wärter im Gang stehen sah. Er drehte sich um und sah sie mit verzerrtem Gesicht an. Ein Blick in seine Augen reichte, um zu erkennen, dass dieser Irre nur Wärter spielte und die blutverschmierte Uniform als Trophäe trug. Ich konnte nicht ausmachen, was genau Marie bemerkte, aber sie spürte den Verfolger näherkommen, stieß den Irren einfach beiseite und rannte weiter.

»Marie, hörst du mich?«

»Ja! Wo warst du?«

»Dafür haben wir keine Zeit! Siehst du da vorn das Bild an der Wand?«

»Ja.«

»Da musst du hin und das Zeichen malen.«

Das Poltern kam näher.

»Schneller!«

»Ich mach' ja schon!« Sie malte hektisch das Zeichen mit ihrem Finger an die Wand. Das erstickende Gurgeln des selbsternannten Wärters bedeutete uns, dass wir nur Sekunden hatten. Eine Tür öffnete sich, wenn auch nur schwer und unter Anwendung all ihrer Kraft. »Beeil dich! Gut so. Mach die Tür hinter dir zu.«

Ein heftiges Scheppern gegen die Tür bestätigte, dass Marie sie gerade noch rechtzeitig geschlossen hatte. Sie drehte sich um und hielt inne. Der Raum hatte eine ganz besondere, eigene Aura. Für einen Moment vergaß sie die Hatz.

Durch brüchige Ziegel hinter den deckenhohen blaugrünen Mosaikfenstern sickerte Licht und tauchte alles in einen blauen Schimmer. Sie fand sich in einer alten Kirche wieder. Eingemauert und begraben.

»Geh.«

»Wohin soll ich gehen?«

»Geradeaus. Zum Altar.«

Das Scheppern gegen die Tür dauerte an und hallte bedrohlich durch die Luft. Marie wagte kleine Schritte und machte hinter dem Altar eine große weiße Engelsstatue aus. Das Scheppern wurde zu einem Knacken und ließ deutlich werden, dass die Tür die Schwarze Hand nicht mehr lang zurückhalten würde.

»Schnell, gehe hinter den Altar, dort unten ist eine Klappe. Öffne sie!«

Marie barg einen aufwendig verzierten Dolch. Mit einem lauten Krachen flogen Teile der Tür in die Halle. Sie zuckte zusammen.

»Marie, du hast Großes geleistet. Niemand hat es je bis hierhergeschafft.« Trotz der anhaltenden Bedrohung vor der Tür schien der Druck von Marie abzufallen und entlud sich in lautem Schluchzen. »Du musst mir jetzt vertrauen! Vor der Tür steht die Schwarze Hand. Wenn du tust, was ich dir sage, werde ich wahrhaftig zu dir kommen und sie aufhalten.« Marie nickte. »Zieh den Dolch aus der Scheide. Gut. Und jetzt ramm dir den Dolch in den Bauch!«

Marie entglitt ein entsetzter Schrei. »Nein, das mache ich nicht!«

»Vertrau mir, du wirst keinen Schaden davontragen. Es wird nicht mal wehtun. Das ist ein ganz besonderer Dolch, der mir hilft, zu dir zu kommen.«

Die Tür riss in Fetzen, und die Schwarze Hand betrat zischend die Kirche.

»Vertrau mir!«, brüllte ich. »Ramm den Dolch in deinen Bauch!«

»Nein!«

»Sie wird dich holen!

»Ich mach' das nicht!«

»Tu es! Jetzt!«

***

Inspektor Grayson betrachtete die Halle. »Doktor, wussten Sie, dass es hier unten eine Kirche gibt?«

»Nein, Inspektor, nein.«

»War die Kleine eine Patientin aus dem Kellergeschoss?«

»Nein, sie war oben in Behandlung und hätte gestern operiert werden sollen. Eine Irre, die mit Stimmen in ihrem Kopf sprach. Schreckliche Tragödie.«

Grayson inspizierte die Leiche des kleinen Mädchens. Aufgeplatzte Haut am Hals, umrandet von einem schwarzen Mal.

»Haben Sie sonst etwas gefunden, eine Tatwaffe oder dergleichen?«

»Nein, es sieht aus wie bei all den anderen Fällen. Es deutet nichts auf den Einsatz einer Waffe hin. Nur das Mal der Schwarzen Hand. Wobei … wir haben das hier gefunden.«

Grayson nahm die leere Scheide eines Dolches entgegen, hielt sie hoch und schlug sie nachdenklich wie eine Zeitung in seine Hand.

»Brauchen Sie mich noch, Inspektor?«

»Nein. Sie können gehen. Ich möchte noch einen Moment allein nachdenken.«

Der Doktor verließ die Kirche durch die zerbrochene Tür. Er schaute ihm noch eine Weile nach. Dann war es still.

»Grayson, hörst du mich?«

Ende

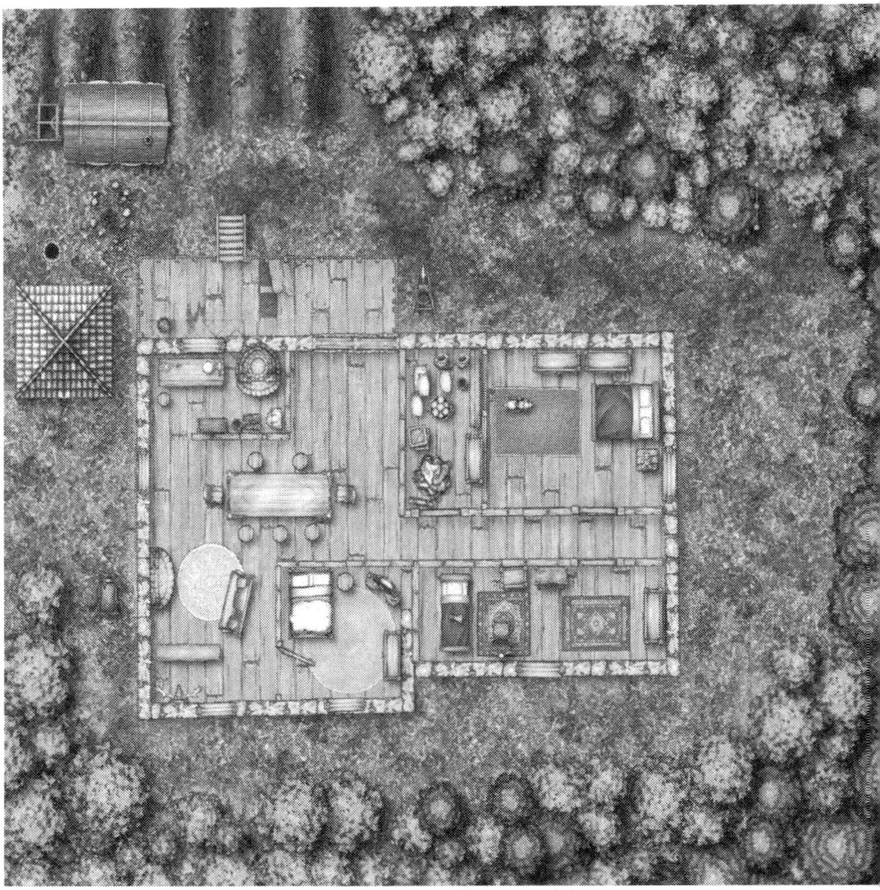

Goblins

Swen musste pissen. Er hatte es vermeiden wollen, sich in diesem gottverlassenen Wald zu erleichtern, doch nachdem er und Hawi jetzt schon eine Meile lang hindurchmarschiert waren und der Treffpunkt immer noch nicht erreicht war, hatte er keine andere Wahl.

»Hoffentlich hat der blöde Bauer eine Tochter«, sinnierte er, während er sich erleichterte.

»Wieso? Hast du Familienpläne und willst sesshaft werden, oder was?«, frotzelte Hawi.

»Pah«, stieß Swen verächtlich aus. »Ich und sesshaft? So ein Schwachsinn, ich werde sie mir einfach nehmen. Ja, so eine schöne, junge Bäuerin mit langen, geflochtenen Haaren und festen Titten. Vielleicht hat sie noch eine Schwester, die besteige ich gleich mit.«

»Was glaubst du, werden ihre Eltern dazu sagen?«

»Was wollen die schon machen?« Ein dreckiges Grinsen breitete sich auf seinem Gesicht aus. »Ich hörte, der Vater soll ein Krüppel sein … Er darf gern zusehen. Und die Mutter pflüg' ich gleich mit, dann wird auch niemandem langweilig.« Er lachte und fügte an: »Du weißt doch, mit dem Schwanz in der Hand kommen mir immer die besten Ideen!« Er schüttelte besagten und ließ ihn wieder in seiner Leinenhose verschwinden. Dann wischte er sich die urinnassen Hände an den Oberschenkeln ab, hielt sich ein Nasenloch zu und rotzte auf den laubbedeckten Erdboden. »Komm weiter, Südländer, ich will diesen verdammten Ort schnell verlassen.«

Die Bäume hatten bereits ihre rotbunten Blätter abgeworfen, sodass die ersten kahlen Äste wie Klauen von links und rechts nach dem Trampelpfad in der Mitte griffen. Alles Laub am Boden war schon braun, und die kühle Luft roch nach Winter.

Die beiden Söldner waren aufgebrochen, um den Auftrag ihres Söldnermeisters zu erfüllen. Eine Bauernfamilie hatte genug Gold aufgebracht, damit sie zu deren Schutz den Winter bei ihnen verblieben. In der kalten Jahreszeit kamen Goblin-Späher tief in die Wälder, um nach Gehöften zu suchen, bei denen es etwas zu plündern gab.

»Meintest du das mit der Bäuerin gerade eigentlich ernst?«, fragte Hawi ihn.

Swen schaute zu ihm hoch, setzte wieder eins seiner dreckigen Grinsen auf und sagte: »Wenn sie schön ist, dann ja.«

»Du weißt, dass wir bei dem Söldnermeister nie wieder so einen Auftrag kriegen werden? Unser Sold wäre dahin und all die anderen Meister in der Stadt würden uns meiden.«

»Ach, was will ich mit dem alten Hundesohn von einem Meister? Ich gedenke, mich diesen Winter bei den Bauern durchzufressen, wie die Maden im Speck. Bestimmt haben sie Vieh und Mütterchen kocht uns einen warmen Eintopf mit Fleischeinlage.« Er schmatzte, als würde er bereits einen Löffel guten Essens in seinem Mund haben. »Im Frühling suche ich dann die großen Banden in den Tieflanden auf und verding mich bei ihnen als Söldner. Du weißt schon, Bäuche aufschlitzen, plündern und so ein Zeug. Und welchen Feldherren interessiert es, was ich mit einer Bauernhure angestellt habe?«

»Wie du meinst, Mittländer. Versau uns nur nicht den Sold. Du weißt, die Bezahlung liegt beim Meister.«

»Wieso kriegt er eigentlich das Gold von den Bauern ausgehändigt und nicht wir? Trauen sie uns etwa nicht?«

Die beiden schauten sich kurz an. Dann brachen sie in Gelächter aus. Der Wald saugte die Stimmen auf und versagte jeden Nachhall. Es entstand eine merkwürdige Stille.

Die beiden Kumpanen liefen eine Weile ohne Geschwätz weiter, bis Swen dann anmerkte: »Fühlst du dich eigentlich auch so beobachtet in diesem dreckigen Stück Wald?«

Hawi grunzte nur und zuckte mit den Schultern.

Sie schwiegen wieder.

»Da vorn, das könnte es sein«, sagte Swen. »Eine Statue an einer Gabelung. Und davor steht doch jemand. Ja, hier sind wir richtig«, rief er und riss die Arme hoch.

»Mein Gott, Swen«, stieß Hawi aus. »Du hättest dich vor der Reise mal schrubben sollen, du riechst schlimmer als der alte nasse Köter vom Söldnermeister!«

»Seid gegrüßt, werte Herren«, begrüßte der Bauer sie freundlich. Seine grau melierten Haare ließen darauf schließen, dass er gute zehn Jahre älter sein musste als sie. Er hatte einen merkwürdigen Stand, als wäre etwas mit seinem Bein nicht in

Ordnung. Der Meister hatte so was erwähnt. Dennoch glich die Statur des Mannes eher der eines Kriegers als der eines gemeinen Bauers.

Nach Austausch allgemeiner Höflichkeiten marschierte der Bauer, der sich als Leik vorgestellt hatte, voraus.

»Da fühle ich mich doch gleich viel wohler, zu dritt den Rest des Weges zu laufen. Dieser Wald ist kein Ort zum Spazieren gehen.«

»Wohl wahr …«, meinte Swen.

Als wolle ihm sein Geist einen Streich spielen, bemerkte er eine schemenhafte Gestalt am Rand seines Blickfeldes zwischen den Bäumen umherschleichen. Dann hörte er das Geräusch eines knackenden Astes und war sich nun sicher.

»Verdammt, da ist doch jemand«, sagte er aufgebracht und zog seinen Streitkolben.

»Ich habe auch was gehört«, entgegnete Hawi, während er seinen Falchion aus der Scheide holte. Selbst der Bauer zog ein Messer.

»Komm raus!«, brüllte Swen.

Dann sahen sie, wie die dunkle Gestalt tiefer in den Wald rannte.

Ohne auf seine Begleiter zu achten, stürmte Swen mit einem Kriegsgeschrei und erhobener Waffe hinterher. Scheinbar handelte es sich um einen Mann, der in einen lumpigen Kapuzenmantel gekleidet war. Dieser kannte sich hier offensichtlich gut aus und lief gekonnt über Stock und Stein.

»Bleib stehen, verdammt!«, forderte Swen, doch der Mann vergrößerte den Abstand immer weiter. Er mühte sich noch einige Dutzend Meter ab und hielt schließlich an.

»Lass ihn laufen«, meinte Hawi.

»Da habe ich wohl keine andere Wahl«, keuchte Swen. »Jemand, der dich beobachtet und dann flieht, führt nichts Gutes im Schilde.«

Der Bauer traf ein, dem es sichtlich schwergefallen war, bei der Geschwindigkeit mitzuhalten. Er sagte: »Lasst uns lieber wieder gehen.«

Hawi nickte zustimmend.

»Halt. Da vorn ist Rauch«, bemerkte Swen und grinste. »Bestimmt ein paar lausige Bauern, die sich hier eingenistet haben. Denen statte ich mal einen Besuch ab. Sie schulden mir noch eine Entschädigung für den Schreck, den ihr kleiner Dieb mir eingejagt hat.«

»Aber, Herr …«, begann Leik. »Ihr seid hier, um Bauern zu beschützen.«

»Wir sind hier, um unsere Arbeit zu machen, für die wir bezahlt werden. Das bedeutet, Euch zu beschützen. Die da«, er zeigte mit der Spitze seines Streitkolbens nach vorn, »betrifft das nicht.«

»Swen, willst du dich wirklich vor unserem Gastgeber so aufführen?«, warf Hawi ein.

»Wieso denn? Ich bin doch ganz freundlich. Vielleicht geben sie uns ja freiwillig etwas ab. Und wenn ich mir Leik so anschaue, groß und mit den Armen eines Kriegers, bin ich mir sicher, dass er genau weiß, worauf er sich mit uns eingelassen hat. Wenn er nicht selbst mal seinen Schwertarm verkauft hat.« Er zwinkerte dem Bauern zu und schritt dann weiter Richtung Rauchschwaden in den Wald.

Tatsächlich tat sich vor ihm eine kleine Ansammlung von einfachen, runden Holzhütten auf, in deren Mitte ein Tier am Spieß über einem Lagerfeuer gebraten wurde.

»Aufwachen, ihr habt Besuch!«, rief Swen. Der Blick in die Gesichter seiner Gefährten verriet ihm, dass sie mit seiner

Vorgehensweise nicht einverstanden waren. Aber Swen machte sich nichts aus Meinungen anderer. Jahrelanges Morden hatte ihn abgestumpft.

Und tatsächlich kamen einige Gestalten zum Vorschein. Männer oder Frauen, er konnte es nicht ausmachen. Sie waren in dünne Tücher gehüllt und verdeckten damit sogar ihre Gesichter.

Ein Mann trat vor. »Geht bitte, werte Herren. Hier gibt es nichts zu holen.«

»Aber, aber, guter Mann. Einer eurer Leute hat mich fast zu Tode erschreckt. Das können wir doch nicht einfach so stehenlassen.«

Der Mann trat noch einen Schritt vor und sagte: »Besser wäre das aber. Für uns alle.«

Aus der Nähe erkannte Swen jetzt auch das Gesicht des Mannes. Unter dem linken Auge fiel ihm eine Beule auf. Er schaute sich um und entdeckte die rot gemalten Kreuze auf den Türen der Hütten, schreckte zurück und stieß dann aus: »Verfluchte Scheiße, das sind Aussätzige!« Er bekreuzigte sich und im nächsten Atemzug rief er: »Wir müssen sie töten. Hawi, mach deine Fackel an, wir brennen alles nieder!«

Ein aufgeregtes Raunen ging durch die Reihen der Anwesenden.

»Nein, Herr, wir sind schon genug bestraft. Hier tun wir niemandem etwas, und bedenkt, wir können auch wehrhaft sein. Setzt Euch diesem unnötigen Risiko doch nicht aus. Zieht weiter, und niemandem wird Leid geschehen.«

Swen übte einen von unten geführten Schlag mit seinem Kolben aus und zertrümmerte seinem Gegenüber den Unterkiefer. Blut spritzend kippte der Mann nach hinten um. Ein Schrei gellte aus dem Hintergrund. Die Bewohner der Hütten griffen zu ihren Waffen. Es waren nicht einfach

Mistgabeln und Stöcke, nein, manche von ihnen besaßen guten Stahl.

»Hört auf!«, brüllte Leik. »Swen, Hawi, genug!«

»Ich habe ihre Luft geatmet«, entgegnete Swen. »Wir müssen sie niederbrennen und in die Hölle schicken, dann erbarmt sich uns der Herrgott und verschont uns von der Pest!«

»Verzeiht, gute Leute«, wandte sich Leik an die Bewohner. »Bitte vergebt uns. Ich bin Bauer und besitze einen gut gedeihenden Hof. Ich werde Euch Essen für den Winter bringen.«

Mit dem schweren Streitkolben auf der Schulter machte Swen einen Schritt auf die Bewohner zu. »Ohne ihren Tod, ohne Gottes Gnade werden wir nicht verschont bleiben.«

»Nein, das ist nicht wahr«, sagte Leik. »Ein Kampf bietet ein viel höheres Risiko, sich anzustecken, anstatt jetzt einfach zu verschwinden.«

»Er hat recht«, meinte Hawi. »Im Blut ist die Krankheit. Nicht in der Luft.«

»Das ist die letzte Warnung!«, rief einer der Kranken. »Verschwindet oder wir greifen an. Wenn Ihr überlebt, werdet Ihr schon bald selbst Eure Leben als Aussätzige führen müssen. Es ist wahr, was der Große sagt. Wo Blut vergossen wird, grassiert die Krankheit.«

»In Gottes Namen, verdammt!«, stieß Swen aus und trat den Rückzug an.

»Genau deswegen wollte ich kein dreckiges Söldnerpack anheuern. Ihr seid Barbaren … Aber meine Frau ließ nicht locker. Wegen meinem Knie meinte sie, werde ich es nicht mehr allein mit den Goblins aufnehmen können. Und unser Hund ist auch nicht mehr der Jüngste.«

»Recht hat deine Frau. Offensichtlich ist sie eine Dame mit gutem Geschmack«, sagte Swen grinsend.

Leik schaute daraufhin nur finster drein.

»Kommt, Leute«, ging Hawi dazwischen, »wir haben schon genug Zeit verplempert. Ich will im Haus sein, bevor es dunkel wird!«

Sanura warf noch einen Scheit ins Feuer. Sie wollte, dass ihr Bauernhaus warm und gemütlich war, wenn Leik mit den Wachen nach Hause kam. Die Dämmerung hatte schon eingesetzt, weswegen sie eigentlich bald eintreffen sollten. Sie hatte viele Diskussionen mit ihrem Mann erdulden müssen, ehe er endlich eingewilligt hatte, die Wachen zu engagieren. Mordlustige, ungehobelte, unkontrollierbare Söldner hatte er sie geschimpft. Doch Sanura wusste, dass es sein Stolz war, der sich so wehrte. Seit er sich bei einem Kampf mit einem Goblin das Knie verletzt hatte, war er nicht mehr derselbe. Mal vom steigenden Alter abgesehen, vermochte er nur noch mit äußerster Mühe und Not zu kämpfen. Nachdem sie zwei Winter lang keinen Besuch der gefährlichen kleinen Kreaturen gehabt hatten, hatte es letztes Jahr wieder einen Zwischenfall gegeben. Leik war erneut verletzt worden, doch das Schlimmste war, dass der Späher der Goblins beinah geflohen wäre. Wäre ihm dies gelungen, hätte er seinem Clan berichtet, dass es hier Beute gab. Und das wäre ihr Todesurteil gewesen. Darum war sie so glücklich, dass es diesen Winter Unterstützung gab. All die Schimpftriaden auf Söldner, die Leik von sich gelassen hatte, hatte sie mit einem Satz zunichtemachen können: »Du warst auch mal einer von ihnen.«

Ihn liebte sie, er war ein wundervoller Vater und guter Ehemann. Jemand so Edles konnte nicht einem Geschmeiß von Menschen entspringen, wie er sie immer darstellte.

Sanura war zufrieden. Ja, sie war sogar freudig erregt und summte leise vor sich hin. Ihre tief eingebrannte Sorgenfalte auf der Stirn fühlte sich so leicht und glatt an wie schon lange nicht mehr.

»Kiano, Nio – deckt jetzt endlich den Tisch«, rief sie ihre beiden Jungs, die immer noch durch die Zimmer tobten. Die Zwillinge waren sechs Jahre alt und damit Gott sei Dank aus dem kritischen Kleinkindalter heraus. Diesen Winter würden sie einfach nur genießen können.

Picco, ihr Hund, bellte von draußen, weshalb sie aus dem Fenster schaute. Genau in dem Moment verließen drei Gestalten den dichten Wald und traten auf die gerodete Lichtung. »Kinder, kommt an den Tisch, unsere Gäste treffen ein!«

Kiano und Nio setzten sich und hatten einen guten Blick auf die Eingangstür. Sanura klopfte sich Staub und Dreck von ihren Kleidern und straffte sich. Dann ging die Tür auf. Leik trat als Erster ein und hatte seine typische Sorgenmiene aufgelegt. Dennoch entfloh ihm ein leichtes Lächeln zur Begrüßung, als er sie sah.

Ihm folgte ein großer Krieger mit einem geflochtenen Zopf, der sich bücken musste, um durch die Tür zu kommen. Dieser legte eine Hand auf Leiks Schulter und sagte: »Du hast gar nicht erzählt, dass deine Frau auch eine Südländerin ist.« Er lächelte und verneigte sich höflich vor ihr. »Hawi, zu Euren Diensten.«

»Sehr erfreut«, entgegnete Sanura.

Der Dritte im Bund war zwar kleiner als Hawi, aber immer noch groß und vor allem breit. Er trug kurz geschorenes Haar und hatte eine auffällige Narbe im Gesicht. Ihm folgte ein hartnäckiger, unangenehmer Schweißgeruch. Er schaute sich um und brummte: »Endlich.«

Irgendwie hatte sie sich eher zwei Wachen vorgestellt, so wie jene uniformierten Speerträger aus der Großstadt, die dort die Tore bewachten. Leik hatte ihr immer wieder den Unterschied zwischen Söldnern und Wachen im Dienst des Königs deutlich machen wollen. Gut, diese Herren hier waren vielleicht doch etwas raubeiniger als gehofft, aber das würde ihre Laune nicht verderben.

»Gute Herren, ich freue mich, Euch in unserem bescheidenen Heim begrüßen zu dürfen.«

»Das nennt Ihr bescheiden?«, fragte der Kurzhaarige. »Ich kenne Leute, die würden töten, um das hier ihr Heim nennen zu dürfen. Gibt es was zu essen?« Er zog geräuschvoll einen Stuhl zurück und setzte sich an den Kopf des Tisches. »Na, Männer«, begrüßte er die Jungs mit seinem zahnlosen Lächeln.

»Entschuldigt, Herr. Selbstverständlich, ich habe Euch einen Eintopf mit Fleischeinlage zubereitet. Wir werden ihn sofort holen.« Mit den Worten ging sie um die Ecke in die Küchennische.

Bei dem Gedanken an einen leckeren Eintopf grinste Swen zu Hawi rüber. Dieser nahm gleich links von ihm Platz, während sich Leik rechts auf die Seite seiner Jungs setzte, die schon ungeduldig ihre Holzlöffel in den Händen hielten.

»Ich hätte nicht gedacht, dass hier mitten im Wald ein Bauer lebt. Was gibt es hier überhaupt zu tun?«, fragte Swen.

»Nun ...«, entgegnete Leik, »wir passen auf königliche Viehherden auf. Die kommen im Herbst zur Mast, um sich an den Bucheckern und Eicheln fett zu fressen. Kurz vor Weihnachten werden die großen Tiere wieder abgeholt. Die

Jüngeren überwintern hier bei uns, unter dem Dach des Waldes. Na ja … und das gerodete Feld vor unserem Haus müsstet Ihr gesehen haben. Hier bauen wir Kürbisse und ein wenig Gemüse für uns an.«

»Das heißt, ihr lebt hier wie die Maden im Speck!«

»Das Vieh gehört dem König. Uns steht nur ein winziger Anteil zu. Dennoch wissen wir, dass es uns gut geht. Wofür wir auch einen Preis zahlen.«

»Einen Preis?«

»Ja. Den der Einsamkeit und den … der Goblins.«

»Wofür ihr jetzt uns schuften lassen wollt. Ihr versteht es zu leben«, sagte Swen und lachte. »Wo bleibt denn die verdammte Su-« Mitten im Satz klappte ihm die Kinnlade herunter, als er bemerkte, dass es nicht die Bäuerin Sanura war, die den Topf an den Tisch brachte. »Bei Gott und all seinen Töchtern, es ist wahr!« Mit der linken Faust schlug er auf Hawis Bein ein, ohne den Blick von der jungen Frau zu nehmen, die offensichtlich Leiks Tochter war. Geräuschvoll schob er den Stuhl zurück und tat so, als würde er einen Hut ziehen, wobei er sich verneigte. »Werte Dame, verratet mir Euren Namen«, säuselte Swen in übertrieben gespielter Höflichkeit.

»Ehm …«, entfloh es ihr.

»Das ist meine Tochter, Avea. Sie ist fünfzehn und sehr glücklich, da sie kürzlich jemandem vom Hof des Königs versprochen wurde.«

Swen rollte seine Augen nach oben, ohne sich aufzurichten, und schaute sich die Gesichter von Vater und Tochter an. *Das nächste Mal, wenn du kleiner Bastard lügst, solltest du deine Tochter einweihen.*

Hawi stieß ihm mit seinem Bein an. Die beiden kannten sich gut, und Hawi wusste, wann Wut in Swens Bauch kroch.

Dafür bedurfte es für gewöhnlich nicht viel. Eine freche Lüge zum Beispiel.

Sanura kam hinzu und sagte in fröhlichem Ton: »Ich habe Eure Betten im …«

»… alten Kutschwagen noch nicht ganz fertig«, beendete Leik ihren Satz. Swen richtete sich auf und sah, wie die Bauern einen Blick austauschten. Dann redete Leik weiter. »Sanura wird dafür sorgen, dass ihr heute Abend angenehm schlafen könnt. Ihr dürft natürlich jederzeit zum Essen in unsere warme Hütte kommen, doch zum Schlafen wird es vielleicht etwas eng hier. Wir denken, dass ihr in der Nacht lieber für euch seid.«

Wieder so eine dreckige Lüge. Pass nur auf, du kleiner Hurenbock, ich nehm' mir, was ich will, ob ich in einem blöden Wagen schlafe oder nicht.

»Wie wunderbar, das Essen!«, rief Hawi, stand auf und griff mit beiden Händen nach dem Topf, um Swens Holzschale als Erstes zu befüllen. Dann übermannte ihn sein Hunger und verdrängte jede Wut. Der Eintopf war köstlich!

Der Duft süß gebackenen Brotes vermischte sich mit dem des deftigen Schweinebratens und der Tanne, die in der Ecke des Wohnraumes stand. Es war ein großartiges Festmahl an jenem Heiligen Abend, an dem wie jedes Jahr die Geburt der erstgeboren Tochter Gottes gefeiert wurde. Leik brachte die Jungs gerade ins Bett, die den ganzen Abend damit verbracht hatten, freudig mit ihren neuen Holzrittern zu spielen. Dem Lärm aus der Kinderstube nach zu urteilen, würde es wohl noch eine Weile dauern, bis sie endlich selig schliefen. Hawi hatte sich bereits in den Wagen zurückgezogen, und Swen schnarchte völlig betrunken auf der Sitzbank, die dem Kamin zugewandt war. Nur Avea war noch auf und half beim

Aufräumen. Doch Sanura schickte sie nun ins Bett, was ihre Tochter dankend annahm.

Eigentlich ein gelungener Abend. Aber ... diese Söldner. Vor allem Swen war ein Schwein. Sie hatte es Leik gegenüber noch nicht zugeben wollen und spielte es deswegen gern herunter. Aber dieser aggressive Dreckskerl stank, schmatzte widerlich und ließ keine Gelegenheit aus, um anzügliche Witze zum Besten zu geben. Nie hatte sie einen unangenehmeren Menschen erlebt. Wenn dieser Mann hinter ihrem Rücken vorbeilief, fühlte es sich jedes Mal so an, als würde ein riesenhafter Geier ihre Schultern packen und daran reißen, sodass sie sich schütteln musste. Keinen Augenblick würde sie schlafen, solang dieser Kerl noch hier in ihrem Haus war. Darum wurde es nun Zeit, ihn zu wecken.

»Verdammte Scheiße, was soll das?«, stieß Swen aus, als er von einem kalten Nass geweckt wurde. Vor ihm stand Sanura. Offensichtlich hatte sie ihm einen Eimer Wasser ins Gesicht geschüttet. Schüttelnd richtete er sich auf, grinste sie an und sagte: »Von Euch habe ich gerade geträumt.«

»Alle schlafen. Ich würde Euch bitten, nun auch das Haus zu verlassen, damit wir diesen schönen Abend zu Ende bringen können.«

Müßig stand er auf. Alles drehte sich, und er musste sich an der Bank stützen, um nicht wieder hinzufallen. Dann machte er einen Schritt auf sie zu und starrte sie an. Er kam ihr so nah, dass sich ihre Nasen beinah berührten. Hinter ihrem trotzigen Blick verbarg sich Angst. Das wusste er.

»Ich hätte eine Idee, wie der Abend enden könnte«, säuselte er und schlackerte dabei mit seiner Zunge. Dann packte er ihren Hinterkopf und wollte ihn an sich drücken, doch sie verpasste ihm eine Backpfeife, mit der er nicht gerechnet hatte.

»Du elendes Schwein, verlass sofort mein Haus!«, rief sie und wandte sich von ihm ab.

Er packte sie am Arm, riss sie wieder herum und presste zwischen zusammengepressten Zähnen hervor: »Das wirst du bereuen. Keine Hure schlägt mich und kommt ungestraft davon.«

»Merk dir eins«, zischte sie. »Geschieht uns Leid, werden wichtige Menschen davon erfahren. Vergiss nicht, wir beherbergen das Vieh des Königs.« Sie löste sich aus seinem Griff, trat einen Schritt zurück und machte eine ausladende Geste zur Tür. »Unter dem Vieh sind zwei Dutzend Schweine. Geh raus zu ihnen, dann kannst du dich mit deinesgleichen begnügen!«

Swen deutete wieder eine Verneigung an, wobei er etwas aus dem Gleichgewicht geriet, und sagte: »Wie Ihr wünscht … Fotze.«

Kaum war er über die Türschwelle nach draußen getreten, schloss sie die Tür hinter ihm und verriegelte sie. Ein paar Schritte torkelte er vorwärts an dem Hundezwinger vorbei, wo ihn der Köter anknurrte. Doch statt in Richtung des Wagens zu gehen, schlenderte er um das Haus herum. Durch die Ritzen der Holzverkleidung eines der Fenster drang schwacher Kerzenschein. Er hielt darauf zu und lugte durch einen Spalt in das Zimmer. Dort sah Swen, wie Avea dabei war, sich zu entkleiden. Gierig riss er die Augen auf und verfluchte sich gleichzeitig für seine Betrunkenheit, die ihm kaum ermöglichte, einen klaren Blick zu bekommen. Er tastete an dem Fensterrahmen und stellte fest, dass dieser leicht auszuhebeln wäre.

»Ja, so ist es brav. Zieh dich schon mal aus. Du wirst heute die Nacht deines Lebens haben«, säuselte er leise und bückte sich, um den Dolch aus seinem Stiefel zu holen. Dabei stieß er mit dem Kopf vor die Fensterbank, was ihn zum Taumeln brachte. Sein Sturz war unvermeidbar. Schwindelnd warf er sich auf den Rücken und malte sich aus, wie er durch das Fenster steigen würde. »Nur ein kurzes Nickerchen … dann aber, dann wirst du was erleben …«

Inzwischen war es schon eine ganze Weile her, seit sie Swen aus dem Haus geschmissen hatte. Darum wagte sie es, die Tür zu öffnen, um mit dem Besen den Staub des langen Abends nach draußen zu kehren. Knarrend schob sie die Tür auf und trat gedankenverloren und Dreck fegend über die Schwelle in die kalte Dunkelheit der Nacht. *Das muss enden.*

Welche Sicherheit hatte sie mit den Söldnern erworben, wenn von ihnen eine unmittelbare Gefahr ausging? Der Winter konnte noch lang und zäh werden. Spätestens Morgen würde sie Leik darum bitten, Swen zu entlassen.

Ein Geräusch riss sie aus ihren Gedanken. Ein Rascheln im Dickicht vor ihr.

Das Haus war mitten auf einem gerodeten Waldstück gebaut, weswegen die Bäume und Büsche schon nach gut zehn Metern vor ihrem Haus dicht und undurchsichtig waren. Daran hatte sie sich gewöhnt, und es war keine Seltenheit, dass sich ein wildes Tier zu ihnen verirrte. Jedoch im Winter … Sie verengte ihre Augen zu Schlitzen.

Da war es schon wieder, das Geräusch. Dieses Mal vernahm sie es deutlich. Als Sanura den alten Picco knurren hörte, drehte sie den Besen und hielt ihn wie eine Waffe vor sich. Ohne den Blick vom Wald zu nehmen, trat sie einen Schritt zurück, ging in die Knie und griff mit der linken Hand die kleine Öllampe, die vor dem Haus stand. Damit leuchtete sie sich den Weg bis zum Rand der Lichtung. Ihr Atem wurde kürzer und schneller, während ihr Blick langsam von links nach rechts wanderte. Farn wog sich im kühlen Wind, und die dicke Rinde eines alten Nadelbaums warf viele kleine Schatten im spärlichen Lichtkegel der Lampe. Daneben – wieder Farn. Doch mitten aus diesem Gewächs grinste sie eine Fratze an.

Ein Schauer lief ihr über den Rücken.

Das breite Grinsen eines langen Mauls entblößte gelbe scharfe Zähne. Große, schmale Augen leuchteten sie boshaft an und waren das Einzige, was sich von der kleinen dunkelgrünen Kreatur bewegte. Ein Goblin.

Wild schlug ihr Herz in der Brust. Vorsichtig setzte sie die Lampe neben sich ab und umschlang den Besen fest mit beiden Händen. »Leik«, rief sie viel zu leise, als dass ihr schlafender Mann sie hören könnte. Die Kreatur blieb weiter regungslos. Nur die Augen rollten neugierig bei jeder ihrer Bewegungen. »Leik!«, rief sie nun viel lauter, und auch Picco bellte in die stille Nacht hinein. »Hawi, Swen! Hier ist ein Goblin!«

Dann kicherte das Wesen krächzend und verschwand im Dickicht. Ohne nachzudenken, rannte sie dem Goblin hinterher und kreischte laut nach ihrem Mann. Die Angst vor der Kreatur wurde von der Angst überwogen, dass diese den Standort der Farm an einen Clan verraten könnte. Das war stets das oberste Gebot: Niemals durfte ein Späher fliehen.

Äste peitschten ihr ins Gesicht, und ihre Augen brauchten etwas, um sich an die Dunkelheit zu gewöhnen. Hastig folgte sie den hörbaren kleinen, schnellen Schritten direkt vor sich. Dann erkannte sie die Umrisse des Goblins. Sie machte einen Satz nach vorn, stürzte sich auf ihn und packte dessen Bein. Mit all der Kraft, die sie besaß, hielt sie es fest. Das Wesen fauchte, drehte sich, schlug seine krallenbesetzte Pratze in ihren Arm und riss diesen vom Ellenbogen bis zum Handrücken auf. Vor Schmerz schreiend, ließ sie das Bein wieder los und sackte zusammen. Der Goblin rannte davon.

Kurz darauf trafen Leik und Hawi ein.

»Ihm nach«, stöhnte sie erschöpft und zeigte mit zitternden Fingern in die Richtung, in die der Goblin geflohen war.

Leik kniete sich direkt nieder und umfasste besorgt ihr Gesicht. »Bist du verletzt?«

»Ja«, hauchte sie.

»Ich werde den kleinen Bastard finden«, versprach Hawi, ehe er von der Dunkelheit des Waldes verschluckt wurde.

»Stimmt es, was du den Bauern erzählst? Hast du ihn wirklich umgebracht?«, fragte Swen.

»Nein«, antwortete Hawi tonlos.

»Schöne Scheiße!«

»Ich habe ihn nicht finden können, Swen. Wenn du nicht so vollgesoffen hinter dem Zimmer der Kleinen gelegen hättest, hätten wir das Drecksvieh sicher erlegen können.« Hawi schaute ihn vorwurfsvoll an. »Jetzt müssen wir überlegen, ob wir bleiben wollen. Keiner weiß, wie viele von den kleinen Biestern kommen werden. Vielleicht sollten wir uns nehmen, was wir finden, und den Hof einfach sich selbst überlassen …

»Wahrscheinlich hast du recht«, entgegnete Swen, »aber nicht ohne noch mal etwas Spaß gehabt zu haben.«

Normalerweise schaute Sanura nicht mehr so spät nach dem Vieh. Doch die Verletzung an ihrem Arm hatte versorgt werden müssen und behinderte sie bei ihren Aufgaben. Dementsprechend spät war sie heute dran. Nach der

Begegnung mit dem Goblin am Vortag war ihr ein wenig mulmig zumute, während der Dämmerung noch draußen zu sein. Hawis Behauptung, die Kreatur getötet zu haben, konnte sie nur geringfügig beruhigen. Auch sie hatte inzwischen den Glauben an gute Wachen für den Winter verloren. Gestern wäre es beinah schiefgegangen, was wohl vor allem an der Völlerei des Feiertags gelegen haben mochte, die alle träge gemacht hatte. Hätten sie den Goblin ohne Hawi erwischt? Wäre Leik ihm so schnell nachgekommen? Sanura hielt inne. Sie konnte ihren Atem in der kalten Luft verdampfen sehen. Nie hätte sie gedacht, dass es ihr so schwerfallen würde, eine klare Haltung zu dem Thema zu haben.

Ein Schrei zerriss die Nacht.

Avea!

Sanura hob ihre Kleider an und rannte, so schnell sie konnte, zurück zum Haus. Picco bellte, und je näher sie kam, desto mehr beunruhigende Geräusche hörte sie. Da war ein penetrantes Klopfen, Leik fluchte und Avea kreischte erneut auf.

Sie öffnete die Tür und erschauderte, als sie sah, was sich im Wohnzimmer zutrug. Ihre Tochter lag rücklings auf dem Boden und trat mit nackten Beinen wild nach Swen, der bedrohlich über ihr aufragte, Stofffetzen ihrer Kleider in der Hand. Während das Klopfen aus dem Zimmer der Jungs kam, die offensichtlich eingesperrt worden waren, schrie Leik: »Lass sie in Ruhe!«

Ihr Mann kniete vor dem glühenden Kamin, die Hände hinter seinem Rücken gefesselt, während Hawi wachend neben ihm stand. Leiks Lippe war aufgeplatzt und blutete.

»Aufhören, sofort!«, rief sie.

Swen schaute zu ihr und grinste schief. »Da ist sie ja, die Dame des Hauses. Keine Sorge, du bist als Nächste dran.« Er warf die Stofffetzen beiseite und begann, seine Hose zu öffnen.

Sanura griff den Besen und stürmte auf Swen zu. Sie holte aus, um ihm einen Schlag gegen den Kopf zu verpassen, doch er fing den Stiel mit seiner Pranke ab. Er riss ihr den Besen aus der Hand, warf ihn davon und schlug ihr mit der flachen Hand ins Gesicht. Sanura ließ sich keinen Schmerz anmerken und stürzte mit den Fäusten voran auf ihn zu.

Mit beiden Händen packte er ihren Körper und warf sie einfach wie einen Sack Mehl von sich weg. Während sie schmerzhaft auf den Rücken knallte, sagte Swen: »Gut, dann bist du eben die Erste!«

»Hawi!«, brüllte Sanura. »Das könnt Ihr nicht zulassen. Ihr seid ein guter Mensch, das weiß ich. Tut doch etwas.«

»Tut mir leid«, entgegnete Hawi seufzend. »Swen hat mir in Schlachten öfter das Leben gerettet, als ich zählen kann. Ich werde mich niemals gegen ihn stellen.«

Mit großen Schritten war Swen herbeigeeilt und ragte nun über ihr auf.

»Halt!«, rief sie erneut. »Nimm mich, nimm das Haus und lass die anderen gehen. Bitte!«

Swen gab ein dreckiges Lachen von sich. Er holte Luft, um etwas zu erwidern, als ein Geräusch seine Aufmerksamkeit erregte. Er hielt inne.

»Hör auf zu heulen«, brummte er in Aveas Richtung und hob seine Handfläche empor, um allen zu bedeuten, ruhig zu sein. Er horchte.

Hinten im Haus war ein Kratzen und Knacken zu hören. Der Hund war verstummt. Dann brach etwas. Holz.

Plötzlich war ein lautes Kreischen aus dem Zimmer der Jungs zu hören.

»Nio, Kiano!«, rief Sanura und sprang auf. Ihr Mann tat das Gleiche, doch es riss ihn sofort wieder zu Boden, da der Strick um seine Hände mit dem Stahlgerüst des Kamins verbunden war.

Sie hingegen wurde von Swen gepackt, der forderte: »Schön hierbleiben.«

»Aber die Kinder!«, rief sie und warf einen verzweifelten Blick zu Hawi.

Der wiederum sagte »Jetzt übertreib nicht, Swen, lass sie los« und bedeutete ihr, zu ihm zu kommen.

Während Hawi seine Waffe zog, öffnete Sanura hastig die Tür zur Kinderstube. Die Fensterläden waren aufgebrochen, ein Goblin war gerade dabei, durch die Öffnung zu klettern, und die Jungs kauerten in der Ecke hinter dem Bett.

Hawi zog sein Falchion, holte über den Kopf aus und streckte den Goblin mit einem Schlag nieder. Der leblose Körper fiel in das Zimmer, dunkles Blut sickerte auf den Boden. Alle verharrten einen Moment regungslos. Stille.

Ein Funken Hoffnung keimte in Sanura auf, nur um gleich wieder von dem tosenden Geschrei zahlloser Goblins erstickt zu werden, die nur darauf warteten, in das Haus einzudringen. Kreischend sprangen gleich zwei der Biester durch das Fenster. Hawi schwang seine Waffe. Blut spritzte an die Wände.

»Hier«, rief er und warf Sanura schnell einen Dolch zu, ehe er sich wieder dem Fenster zuwandte, um den nächsten Goblin zu erschlagen.

»Scheiße, was ist da los?«, fragte Swen und zog seinen Streitkolben. Er machte einen Schritt auf den Flur und drehte sich noch mal zu Avea. »Wehe, du kommst auf dumme Gedanken. Wenn du fliehst, sterbt ihr alle!«

Die Eingangstür sprang krachend auf. Swen vermochte es gerade noch rechtzeitig, einen seitwärts geführten Schlag auszuführen, der den voranstürmenden Goblin im hohen Bogen auf den Tisch krachen ließ. Mit beiden Händen umschlang Swen nun die Waffe und stellte sich den schreienden Angreifern.

Eine rostige Speerspitze erwischte ihn schmerzhaft im Bauch. Der Angriff war zu schwach geführt gewesen, um das Kettenhemd gänzlich zu durchdringen. Er trat den Angreifer mit seinem schweren Stiefel zu Boden und ließ den Kolben von oben auf den Nächsten krachen. Ein Goblin versuchte, an ihm vorbeizukommen, doch er rammte ihn mit all seiner Körperkraft gegen die Wand, sodass diese einen Riss bekam und der Angreifer bewusstlos zu Boden glitt. Weitere Goblins folgten, und er hörte, dass hinter ihm die Fensterläden eingeschlagen wurden. Avea kreischte.

»Mach mich los!«, rief Leik seiner Tochter zu.

Swen schlug den nächsten Schädel ein und kassierte einen Treffer am linken Arm. Dieser drang ins Fleisch, doch für den Veteranen wie ihn war es nur ein Kratzer.

Plötzlich kletterte ein wild gewordener Angreifer über die Rücken seiner Leute und sprang ihm mit einem Ausdruck des Wahnsinns mitten ins Gesicht. Swen taumelte und spürte, wie der Goblin versuchte, die Krallen in seinen Rücken zu schlagen. Mit der linken Hand probierte Swen, sich seiner zu entledigen, doch der Grünling hielt sich fest und kratzte ihm dabei schmerzhaft den Nacken auf. Dann brüllte Swen und rannte mit dem Kopf voran, blind und mit aller Kraft gegen einen Widerstand. Das Rückgrat der Kreatur brach hörbar, womit er ihn los war. Nun stand er vor dem Kamin und sah, wie Leik, gefesselt und auf dem Rücken liegend, einem

Schwerthieb auswich. Dann trat er dem Goblin vor den Unterkiefer, welcher in sich zusammensackte.

»Avea, komm zu mir!«, brüllte Leik.

Swen musste sich drehen, um sich zu verteidigen. Wieder war sein Stiefel die Waffe der Wahl, wieder folgte ein brutaler Schlag mit seinem Streitkolben, der Knochen brach. Im direkten Duell hatten sie keine Chance gegen ihn, doch sie begannen damit, ihn zu umzingeln. Es stach in der Seite, im Rücken, mal mehr, mal weniger schmerzhaft. Ihm fiel es schwer, sich auf seine Angriffe zu konzentrieren. Hinter sich hörte er auch Kampfgeräusche.

»Mach mich los!«, rief der Bauer erschöpft. Doch Swen konnte seine Stellung nicht verlassen. »Avea«, wandte sich Leik dann an seine Tochter, »du musst hier raus.«

»Nein, ich bleib' bei dir«, erwiderte sie weinerlich.

»Hör zu!«, sagte Leik energisch, keuchte dann laut und erledigte wieder einen Goblin mit seinen Füßen. »Komm her, du musst …«

Swen vermochte es nicht, weiter auf die Worte zu achten. Er nahm seine Waffe quer in beide Hände, brüllte, so laut er konnte, und schob die Goblins vor sich einfach weg. Mit einem lauten Krachen stieß er sie gegen die Wand. Links von ihm bemerkte er, wie Avea durch das Fenster hinausstieg. Rechts von ihm kam die blutüberströmte Sanura auf den Flur gelaufen. In der Hand einen blutgetränkten Dolch und den Schock in ihrem Gesicht.

Ohne auf ihren Anblick zu reagieren, wandte er sich seinen Gegnern zu. »Wo ist Hawi?«

»Tot.«

Er hielt einen Wimpernschlag inne und kämpfte dann mit hemmungsloser Aggression weiter.

Sanura zitterte am ganzen Körper. Als sie Leiks Blick auffing, wich ihm die Farbe aus dem Gesicht.

»Wo sind …« Er stockte. Die beiden Jungs kamen aus dem Zimmer und rannten an ihr vorbei in seine Richtung. In dem Moment stürzte ein Goblin durch die Tür und riss Nio zu Boden. Sanura überlegte nicht, hob ihren Dolch und stieß ihn von oben in den Kopf der Kreatur. Dabei spürte sie nichts. Die Gewalt, das ganze Blut … So was hatte sie nie erlebt. Es hatte sie geschockt, doch jetzt ging es nur noch ums Überleben. Vor allem darum, dass ihre Kinder überlebten. Mit ihrem Fuß rollte sie den leblosen grünen Körper von ihrem Sohn, der gleich aufstand und seinem Bruder folgte. Beide versteckten sich hinter Leik.

»Mach mich los«, forderte er Sanura auf.

»Wo ist Avea?«, wollte sie wissen.

»Ihr geht's gut«, sagte er, hob die Augenbrauen und deutete dann mit seinem Kopf auf Swen. »Ich erzähl' es dir später, mach mich jetzt los.«

Mit einem Brüllen erschlug Swen einen weiteren Goblin. Er war umringt von Leichen. Die Stoffe über seiner Rüstung waren in Fetzen gerissen, und an einigen Stellen färbte sich das Kettenhemd bereits rot von seinem Blut. Zum ersten Mal seit dem Angriff schien kein lebender Goblin im Haus zu sein.

Grimmig schaute Swen zu Sanura, das Gesicht voller Blutspritzer. »Ich hab' keinen Bock mehr«, sagte er und wischte sich Schweiß von der Stirn.

Sanura trennte das Seil um die Hände ihres Mannes mit dem Dolch und nahm ihn dann in die Arme. Er gab ihr einen Kuss auf die Wange, wandte sich aber gleich wieder von ihr ab und dem Kamin zu. Er streckte sich und holte etwas, was auf dem Kaminsims lag. Sein Schwert. Mit der Spitze der Waffe zeigte er auf Swen.

»Du elender Hurensohn«, zischte er und ging langsam auf ihn zu. »Du wolltest meine Familie entehren. Unter unserem Dach, in unserem Zuhause!«

»Hah, ist das dein Ernst? Du willst jetzt auf mich losgehen und mit mir kämpfen? Sollten wir nicht lieber die scheiß Biester loswerden?«

»Leik«, sagte Sanura, »er hat recht. So sehr ich diesen Mann auch verabscheue, es stimmt. Wir sind auf ihn angewiesen.«

Im Augenwinkel bemerkte sie, dass etwas Kleines durch das Fenster hinter dem Kamin hineinplumpste. Sie kniff die Augen zusammen und erkannte einen runden Gegenstand mit einer funkensprühenden Zündschnur daran.

Swen verkroch sich unter dem Esstisch.

»In Deckung!«, rief Leik, drehte sich zu seiner Familie und riss sie zu Boden.

Es folgte ein ohrenbetäubender Knall – eine Explosion, die Stühle durch die Luft warf. Ein Dröhnen in ihrem Kopf, ein lautes Piepen auf dem Ohr und ihre Orientierung war verloren. Staub rieselte auf sie nieder. Dann erkannte Sanura, dass Leik mit ihr sprach. Es dauerte einen Moment, ehe sie die Worte »Alles in Ordnung?« verstand. Nickend vergewisserte sie sich, dass ihre Kinder unversehrt geblieben waren.

Als sich der Staub langsam legte, erkannte sie das große Loch, was die Explosion in die Außenwand gerissen hatte.

Swen stand gerade wieder auf den Beinen, da ertönte draußen das Goblingeschrei. Es mussten noch viele von ihnen übrig sein. *Zu viele.*

»War schön mit euch«, sagte Swen und hob die Hand zum Abschied. »Ich bin weg.«

»Bleib hier!«, rief Sanura, doch der Söldner eilte durch die Tür nach draußen und verschwand in der Dunkelheit.

Dann brach erneut das Chaos aus. Eine Welle von Goblins stürmte durch das Loch im Haus. Ihr Mann stellte sich schützend vor die Kinder, das Schwert zum Angriff bereit. Mit erhobenen Dolch postierte sie sich neben ihm.

»Die werden unsere Kinder nicht kriegen«, zischte sie ihm zu.

Er nickte. Dann ging es los.

Mit rostigen Klingen voran stürmten die kreischenden Biester auf sie zu. Leik schlug einem den langen Speer aus der Hand und trat ihn zu Boden. Mit einem Schwertstreich schlitzte er gleich zwei Goblins auf.

Da sprang Sanura einer wild entgegen, doch sie packte den Schaft des Dolches mit beiden Händen und stach ihm dem Angreifer in den Bauch, der vor ihr zu Boden ging. Sie holte erneut aus, doch daraufhin glitt eine rostige Klinge in ihre ungeschützte Seite. Sie schrie und ging in die Knie, musste sogleich einem Schwertstreich nach hinten ausweichen. Dabei setzte sie sich und stach einem herannahenden Goblin den Dolch ins Gesicht. Der Körper ihres Opfers wurde zurückgerissen, wobei ihr die Waffe entglitt. Da stand einer vor ihr, hob seine schartige Axt zum Todesstoß empor und jaulte plötzlich laut auf, als ihm ein glühendes Stück Holz ins Gesicht flog. Sanura schaute sich um. Gleich hinter ihr stand Kiano und trotzte seinen Tränen mit einer Miene des Stolzes. Doch es war keine Zeit für Freude, sie schaffte es nicht mal aufzustehen, da sie mit ihren Füßen bemüht war, die Angreifer fernzuhalten. Unversehens schnitt ihr einer das rechte Bein auf. Schmerz durchströmte Sanura. Sie konnte kaum noch zuordnen, wo welcher Schmerz entsprang. Ihr wurde zunehmend schwindelig.

Leik wütete mit dem Schwert todbringend wie ein Berserker durch die Goblins. Doch es waren einfach zu viele.

Zwei der Biester kletterten auf seinen Rücken und verletzten ihn mit fiesen kleinen Messerstichen. Er schrie bei jedem Stich auf und wand sich von links nach rechts. Wieder flog ein glühender Holzscheit in die Menge und erwischte einen quiekenden Goblin. Doch es macht keinen Unterscheid.

Es sind zu viele.

»Lauft!«, rief Sanura ihren Kindern zu. »Flieht durch das Fenster, wir halten sie auf.«

»Aber, Mama ...«, rief Nio.

»Keine Widerrede! Sucht eure Schwester. Geht jetzt!«, stieß sie verzweifelt aus.

Die Kinder gehorchten zögerlich, liefen weinend zum Fenster und machten sich daran, nach draußen zu klettern. Leik sackte auf die Knie und war unter den Goblins kaum mehr zu erkennen.

Meine Kinder.

Jeden Wimpernschlag, den Sanura hier länger bestehen würde, gäbe den Kindern eine Chance zur Flucht. Sie bäumte sich ein letztes Mal auf, warf sich in die grüne Masse an Leibern und griff mit den bloßen Händen an.

Da drang etwas an ihr Ohr.

Gebrüll. Männergebrüll. Es kam näher. Sie blickte auf, ihr Kopf und Hals blutig zerkratzt, doch da kam ihre Tochter durch die Tür, gefolgt von einer Schar bewaffneter, in Tücher gehüllter Männer. Die Aussätzigen.

Sie stürmten den Goblins in den Rücken. Die kleinen Biester wandten sich von ihr und Leik ab, um sich zu verteidigen, doch sie fielen einer nach dem anderen.

Es dauerte eine gefühlte Ewigkeit, bis endlich der letzte Goblin tot oder geflüchtet war.

Sanura krabbelte zu ihrem Mann. Viele Stich- und Kratzwunden verunstalteten seinen Körper. Auf dem blutverschmierten Gesicht zeichnete sich ein müdes Lächeln ab. Mit ausgebreiteten Armen warf sie sich auf ihn. Die beiden landeten verschlungen auf dem Boden. Stöhnend vor Schmerz, aber entschlossen drückte er sie fest an sich und küsste sie auf den Kopf. Die Kinder, alle drei, stürmten herbei, um sich der Umarmung anzuschließen. Die Familie hatte überlebt.

Es klopfte. Der Mann öffnete die Tür mit dem roten Kreuz, um den unerwarteten Gast zu empfangen. Jener entpuppte sich als ein Mann, den er schon einmal gesehen hatte. Nur dieses Mal hatte er die typischen dunklen Beulen am Hals und den Gesichtsausdruck der Resignation, den alle Todgeweihten hatten, die im Dorf der Aussätzigen an die Türen klopften.

»Wie ist dein Name, guter Herr?«

»Swen.«

Ende

Die Oper

Sie hatte gewonnen. Yeuna konnte es noch immer nicht glauben, dass ausgerechnet sie es war, die mit ihren siebzehn Jahren die große Tombola gewonnen hatte. Die Verlosung war einzigartig und zog jedes Jahr Abertausende Bewohner aus Felden und darüber hinaus in die Hauptstadt. Der Gewinn war so einzigartig und besonders, dass sie immer noch die Gänsehaut auf ihrem Körper spürte, wenn sie daran dachte, wie sie mit zittriger Hand die Papierrolle vom Losmeister entgegengenommen hatte. Diese entsprach zwei Eintrittskarten für die Neujahrsaufführung in der Oper von Lounez. Der Wert einer dieser Karten war für einen einfachen Tagelöhner, wie es ihr Vater war, in zehn Jahren nicht aufzubringen. Doch viel wertvoller war ihre Einzigartigkeit. Da der Glaube das Schauspiel als Lüge und damit als Sünde betrachtete, waren in allen getreuen Ländern der Kirche jegliche Formen von Theater verboten. Das kulturverliebte Land Felden stieß dabei immer wieder in Grauzonen vor und war nur knapp einer Exkommunikation entgangen. Was eine Schande gewesen wäre, da die Ritter von Felden traditionell die Kreuzzüge der Kirche anführten. Doch Lady Gwenaelle, der Herrscherin von Felden, gelang es, dem Schachzug ihrer Vorfahren zu folgen und die schauspielerische Kultur aufrechtzuerhalten. Stets gewährte sie der Großstadt die Unabhängigkeit, und doch stand sie unter ihrem Schutz. Lounez wurde von Vertretern aus den verschiedenen Handwerkszünften sowie von Handel und Kultur regiert. Somit entsagten sie der Kirche, was Lounez über die Jahre zu einer gewaltigen, vielschichtigen Großstadt hatte anwachsen lassen, in der Leute verschiedener Glaubensrichtungen und Herkunft lebten. Kirchliche Vertreter hatten jedoch nur einen Ausdruck für diese kulturprächtige Stadt übrig: der Moloch.

Die edle Kutsche hoppelte über den Asphalt. Es war schon dunkel, aber in Lounez leuchteten aus schiefen Häuserreihen so viele Laternen, Fackeln und Feuerstellen, dass Yeuna alles bestaunen konnte. »Schau nur, Tadeg, da läuft ein Elf!«

Ihr Begleiter sprang auf, drängte sich neben ihr ans Fenster und staunte nicht schlecht.

Elfen wurden von der Kirche geächtet und waren daher eine wahre Seltenheit. Eine dieser sagenumwobenen Gestalten zu sehen, erfüllte Yeuna mit Stolz. Sie liebte gute Geschichten, und über Elfen gab es die besten. Am liebsten wäre sie einfach ausgestiegen, um ihn anzusprechen, doch das Holpern der Kutsche ging unaufhörlich weiter, während sich vor ihrem Fenster bereits neue Wunder auftaten. Scheinbar waren sie in eine Art Marktstraße gebogen. Neben dem Schmied, der zu später Stunde noch glühenden Stahl beschlug, gab es lautes Gelächter, das aus den Tavernen drang, und dann war da dieser eine spezielle Laden. Unter dessen Vordach stapelten sich unzählige Käfige übereinander. Manche waren mit dicken

Stoff abgehangen, manche offenbarten Kreaturen, die sie meist nicht kannte. Große, züngelnde Echsen und da – war das wirklich ein ‚Goblin'?

Yeuna war froh über die Wahl ihres Begleiters. Sie wusste, sie war keine gute Partie. Im Matriarchat Felden heirateten Männer meist in besser gestellte Familien ein oder versuchten es zumindest. Doch sie war weit unter dem Stand von Tadeg. So konnte sie wenigstens dieses eine Mal einen großen Schatz mit ihm teilen – Eintrittskarten, die sich selbst seine werte Mutter niemals würde leisten können.

Tadeg setzte sich wieder und schaute sie fröhlich an. Während die Kutsche eine Kurve machte, nahm er ihre Hand und sagte: »Ich freue mich wirklich sehr, dass du mich als deine Begleitperson ausgewählt hast.«

Sie wollte gerade etwas erwidern, als Tadegs Kinnlade hinunterklappte und er mit offenen Mund an ihr vorbei nach draußen starrte. »Ist das etwa die Oper?«

Noch während sie sich umdrehte, hörte Yeuna, wie der Kutscher laut lachte. Dann sah sie auch das große Gebäude mit einer goldenen Kuppel auf dem Dach. Doch nur wenige Augenblicke später verstand sie, wie das Lachen gemeint war. Hinter dem Gebäude mit der Kuppel tat sich ein riesiger, von Laternen beleuchteter Platz auf, auf den Menschen und Kutschen aus allen Himmelsrichtungen strömten. Am Ende dieses Platzes befand sich ein Gebäude, was die Kuppel mickrig wirken ließ. Im Vorbeifahren ließ sich nicht viel ausmachen, nur, dass dieses von mächtigen Säulen gesäumte Bauwerk buchstäblich alles in den Schatten stellte, was Yeuna je gesehen hatte. Das Opernhaus.

Die Kutsche hielt an. Es dauerte nicht lang, bis man ihnen die Tür öffnete. Wie es sich gehörte, stieg Tadeg als Erster aus, um ihr die Hand zu reichen. Herrschaftlich trat sie aus der

Kutsche und hinaus in die kühle Neujahrsluft voller Stimmengewirr aus den verschiedensten Sprachen. Sie hatte Stunden über Stunden an ihrem Kleid genäht. Es war das schönste im ganzen Dorf, und sie fühlte sich darin wie eine Prinzessin. Nun kam es endlich zum Einsatz.

Mit einem breiten Lächeln auf dem Gesicht hakte sich Tadeg bei ihr ein. Sie verabschiedeten sich vom Kutscher und mischten sich unter das Volk. Es brauchte keine gute Kenntnis über Adel und Gesellschaft, um zu erkennen, dass hier nur die reichsten Leute in feinsten Kleidern anwesend waren. Schon fühlte sie sich wieder wie die arme, mittellose, junge Frau, die sie war. Wie verrückt das doch war. In dieser Aufmachung in ihrem Dorf hätten sich alle die Köpfe nach ihnen verrenkt und sich wahrscheinlich aus Schreck vor so viel Anmut vorsorglich verneigt. Und hier? Doch sie wollte sich die Stimmung davon nicht trüben lassen. Umso besser, das Tadeg sein Dauergrinsen nicht verlor. Dann geschah endlich, was sie sich so lange ersehnt hatte – eine Begegnung mit einem Elf. Der hochgewachsene Mann nickte ihr im Vorbeigehen zu und sagte etwas auf Elfisch. Es kribbelte in ihr, und mit freudiger Anspannung grinste sie Tadeg an.

Sie kämpften sich nach vorn und schließlich kamen sie an eine Absperrung, von wo aus sie die ganze Pracht der Oper erkennen konnten.

Yeuna staunte nicht schlecht. Das riesige Eingangstor war so unnötig groß, dass ein ganzes Schiff hindurchgepasst hätte. In der Mitte des Torbogens hing eine steinerne geflügelte Figur, die aussah wie Dämonenabbildungen in den Abschriften der Kirche. Wahrscheinlich, um genau jene zu provozieren. Wobei Yeuna selbst wusste, dass wahre Ausgeburten der Hölle so nicht aussahen. Auf dem Dach standen im selben Abstand wie die Säulen zueinander weiße Statuen, mal mit und mal ohne Engelsflügel. Es waren nicht nur übergroße menschliche Figuren, nein, auch Elfen wurden hier auf die gleiche Weise verewigt.

Um das gesamte Gebäude herum war ein steinerner Absatz – eine Stufe, auf der vor jeder Säule eine der edlen Wachen stand. Es waren die Löwinnen von Lounez. Die berüchtigte Elitegarde, die man an ihren goldenen Haaren und den gleichfarbigen Rüstungen erkannte.

Es war unmöglich für Yeuna, sich an diesen beeindruckenden Dingen sattzusehen. Auch Tadeg kam aus dem Staunen nicht heraus, und so verging die Zeit wie im Flug, bis sich endlich die Massen in Bewegung setzten.

»Die Tore öffnen sich!«, rief Yeuna erfreut.

»Ich fühle mich so unendlich klein«, sagte Tadeg, als sie durch den Torbogen schritten.

Auch Yeuna hatte ein ganz merkwürdiges Gefühl, gar eine Gänsehaut, als die riesige Dämonenstatue genau über ihr prangte und es nicht weiter vorwärts ging. Es hatte schon was Ketzerisches, hier zu sein, auch wenn das Zusehen allein nicht strafbar war. Sie schüttelte die Gedanken ab, dann war es so weit. Yeuna durfte ihre Karten vorzeigen, und ihnen wurde Einlass gewährt. Sie kamen in eine weiträumige Vorhalle, die an Prunk und Protz kaum zu überbieten war. Ein verschwenderisch großer Kronenleuchter hing in der Mitte, Fresken waren an den Decken und ein edler roter Teppich lag zu ihren Füßen. Aus Marmor gehauene Stufen führten am Ende des Raumes nach oben, worüber sicher die guten Plätze für den Adel zu erreichen waren.

Diener liefen umher und reichten kleine Häppchen zu essen und Gläser gefüllt mit rotem Wein. Es hatte schon was

Außergewöhnliches zu sehen, wie ein Menschdiener einem Elfen einschenkte und sich danach verneigte.

»Ahh, endlich«, freute sich Tadeg, als auch ihnen etwas gereicht wurde.

Die beiden schauten sich fröhlich an und aßen voller Begeisterung das süße Gebäck, welches sie mit dem edelsten Tropfen herunterspülten, den sie je kosten durften.

Es ertönte ein Läuten, und die Türen zu den Sitzplätzen öffneten sich. Alle setzten sich in Bewegung.

»Wir müssen geradeaus durch die große Tür, und dann sollten unsere Plätze gleich links sein«, sagte Yeuna.

»Ich freue mich schon«, entgegnete Tadeg und schaute sie an. »Danke, dass du mich mitgenommen hast.« Er reichte ihr die Hand und ging voran.

Vor ihnen lief eine Person, die so gar nicht zu den übrigen Leuten passen wollte. Sie war gekleidet in einen langen, braunen, teils verschlissenen Mantel und trug einen dazu passenden Hut auf dem Kopf. Der Mann drehte sich plötzlich zu ihr um, grinste sie aus einem wettergegerbten Gesicht an und packte sich verneigend an seinen Hut. »Skanlyk, zu Euren Diensten.«

»Ähm ... ich bin Yeuna«, sagte sie reflexartig, doch da lief der Mann schon wieder unbekümmert weiter und ging durch die Tür. Merkwürdig ... als hätte er bemerkt, wie sie ihn von hinten angestarrt hatte.

»Das ist ein Dämonenjäger«, flüsterte Tadeg ihr aufgeregt ins Ohr.

Sie schaute ihn verdutzt an.

»Wirklich! Hast du nicht das Wappen auf seiner Brust gesehen? Und gerade erst habe ich diese Frau hier ausgemacht.« Er holte eine Kupfermünze aus seiner Hosentasche, um ihr die

Seite der Münze mit dem Porträt von Lady Gwenaelle zu zeigen. »Ich werde noch verrückt, das ist alles so aufregend hier!«

Die Lichter wurden schon abgedunkelt, und Yeuna überlegte, ob sie jemals gemütlicher gesessen hatte als auf diesen feinen Polstern. Nur noch der lange, steile Gang in der Mitte, über den sie hereingekommen war, hatte alle paar Stufen eine kleine Öllampe mit schwachem Licht. Sonst war es dunkel. Eigentlich war alles perfekt, die Entfernung zum Ausgang nicht zu weit und die Sicht aus dem mittleren Block wäre fantastisch gewesen, wenn sich nicht ausgerechnet dieser Herr Dämonenjäger vor sie gesetzt hätte. Natürlich ließ er den Hut auf dem Kopf.

Links von ihr saß Tadeg und daneben ein geschwätziger alter Mann. Dieser tratschte etwas über die Oper und seine Darsteller, und Tadeg hatte wohl den unvermeidbaren Drang, all diese Informationen ungefiltert an sie weiterzutragen. Nicht, dass der Mann eh schon so laut ‚flüsterte', dass sie alles doppelt hörte. Doch sie wollte den Abend nicht mit Unhöflichkeit ruinieren. Es wäre nur schöner, wenn sich Tadeg etwas mehr auf sie konzentrieren würde, aber der Abend war noch jung. Dann hörte sie den Alten etwas sagen, das ihr eine Gänsehaut auf den Armen bescherte.

»Die Dramen gehen immer unter die Haut. Doch für die Neujahrsaufführung, so heißt es, wird jemand, den die Hauptdarstellerin kennt, jemand, den sie liebt, gefangen genommen und vor ihren Augen getötet. Nur damit ihre Vorstellung besonders dramatisch und leidvoll vorgetragen werden kann. Ihr werdet sehen, es ist großartig.«

»Niemals«, stieß Yeuna aus.

Während der alte Mann sie gar nicht bemerkte und weiter tratschte, drehte sich der Jäger mit dem langen Hut vor ihr um. Er nickte und sagte: »Da hat der Alte recht. Und deswegen bin ich hier.« Dann wandte er sich wieder nach vorn, und zeitgleich ertönte der Gong. Lampen auf der Bühne wurden entzündet. Der Vorhang öffnete sich.

Der Chor war fantastisch gewesen, das Ballettensemble grandios und das Beste – der Herr vor ihr hatte den Hut abgenommen. Tadeg hatte sich an sie gekuschelt, und nun warteten beide gespannt auf das, was als Nächstes kommen würde.

Das großartige Bühnenbild, welches wunderschön gezeichnete Bäume und Tiere um einen Teich zeigte, wurde nun mit einem schwarzen Tuch abgedeckt. Daran waren durchsichtige Steine befestigt, die aus der Ferne wie Sterne funkelten. In die Mitte der Bühne wurde die Requisite eines Brunnens geschoben. Dann kam sie. Die Hauptdarstellerin Feline Callez. In einem weißen dünnen Schleierkleid schritt sie elegant und zugleich bedacht auf die Bühne und setzte sich auf den Rand des Brunnens. Dann wurde es still.

Eine ganze Weile passierte nichts, und so verfolgten die Zuschauer gebannt die erste Bewegung der Darstellerin. Anmutig warf sie den Kopf in den Nacken und legte den rechten Handrücken auf die Stirn. Dann ließ sie sich nach hinten fallen. Ein Schreck durchfuhr die Leute, auch wenn jeder wusste, dass der Brunnen nur eine Requisite war, der gerade noch über den Boden geschoben worden war. Doch ehe sie in das Loch fiel, hielt sie sich mit der linken Hand am Seil fest. Man sah nur ihre Beine und den Arm, der nach oben den Strick fest umklammerte. Dann begann sie zu summen.

Das Summen erklang aus dem Brunnen in einer Fülle, die den ganzen Saal mit dem wunderschönen Klang ihrer Stimme einhüllte. Yeunas Herz war erfüllt von Melancholie, und es schien, als würde sich niemand wagen, diese Stimmung, diese Melodie mit einem Geräusch zu unterbrechen.

Feline schwang sich aus dem Loch des Brunnens und auf die Beine. Dann schritt sie bedacht über die Bühne, den langen Schleier hinter sich herziehend, blieb stehen und verstummte mit gesenktem Haupt.

Sie begann zu singen. Mit dem ersten Ton bekam Yeuna eine Gänsehaut. Gebannt folgte sie der Künstlerin bei ihrer Vorstellung.

Jedes Lied übertraf das vorherige an Gefühl und Dramaturgie. Mal eine laute, kraftvolle Arie, gefolgt von einer ruhigen Ballade. Eine Schwermut hing in der Luft, als würde man sie anfassen können. Yeunas Herz krampfte und löste sich mit dem Takt des Gesangs. So etwas hatte sie noch nie erlebt. Die Tränen auf dem Gesicht der Darstellerin, die in jenem Moment wieder eine der traurigen Balladen sang, übertrugen sich auf die Zuschauer. Auch Yeuna kam um ein leises Schluchzen nicht herum. Da bemerkte sie eine Bewegung im Brunnen.

Trotz ihrer Faszination wollte sie unbedingt wissen, was als Nächstes passieren würde, und verengte ihre Augen zu Schlitzen, um zu erkennen, was vor sich ging. Ein Arm streckte sich aus dem Brunnen. Es geschah im Rücken der Darstellerin, die immer noch das Gesicht zum Publikum gerichtet hatte. Er war dunkelrot und mit langen schwarzen Fingernägeln, die sich erst in die Luft streckten und dann nach dem Rand des Brunnens griffen. Ein zweiter Arm folgte, und als würde jemand wirklich aus einem tiefen Brunnen emporsteigen, zog sich ein nackter, männlicher Körper nach oben und krabbelte über den Rand. Das Licht um den Brunnen erlaubte es nicht, alles zu erkennen. War das ein Mann? Als würde er die Darstellerin anbeten, streckte er die Arme weit nach vorn auf den Boden, das Haupt tief geneigt. Doch dann hob der Mann den Kopf. Gelbe Augen leuchteten die Sängerin gierig an. Der dunkelroten Kopfhaut entwuchsen geschwungene Hörner wie die eines Widders. Yeuna erschrak innerlich und bemerkte, wie Skanlyk vor ihr leise murmelnd den Hut aufsetzte. Sie musste sich zur Seite neigen, um weiter sehen zu können, was dort vor sich ging. Der Mann … besser gesagt wer oder was auch immer das war griff mit den Fingern nach dem Schleier der Frau, zog ihn leicht auf Spannung. Feline schien in ihrer Trance nichts davon mitzubekommen. Vielleicht war auch alles Teil der Aufführung.

Die fremde Erscheinung, von den Hörnern und der Hautfarbe abgesehen, war absolut menschlich, doch hatten die Bewegungen, mit denen sie nun vorwärts krabbelte, etwas Spinnenhaftes. Die Abstimmung von Armen und Beinen verlief merkwürdig abgehackt. Der Mann krabbelte weiter und kletterte auf den Rücken der Sängerin. Noch immer schien sie nichts davon zu bemerken. Der gehörnte Kopf tauchte nun hinter ihrer Schulter auf und neigte sich mit einem langen Hals um sie herum, als würde das Wesen versuchen, ihren Gesang aufzusaugen.

In diesem Moment stand Skanlyk auf. »Alle raus hier!«, rief er, doch bekam außer ein paar entnervten Blicken kaum Beachtung geschenkt.

Yeuna hingegen spürte, dass etwas nicht stimmte, und stand ebenfalls auf. »Das … ist ein Dämon, nicht wahr?«

»Richtig, Kleine. Angezogen von dem unmenschlichen Leid, das Feline Callez ertragen musste und hier nun zur Schau stellt.« Skanlyk hatte eine aufwendig verzierte Pistole in der Hand, in die er gerade Schwarzpulver füllte. Er klappte sie zusammen und zielte damit auf den Dämon.

»Was ist los?«, fragte Tadeg und zog an ihrem Kleid.

In dem Moment liefen zwei Ordner auf die Bühne, die offensichtlich bemerkt hatten, dass dieser Störenfried nicht zum

Programm gehörte. Sie waren ahnungslos, was sie erwarten würde.

Als die beiden Männer nur noch zwei Schritte entfernt waren, drehte sich die Mundpartie des Dämons abartig im Kreis, öffnete sich wie eine Blüte und entblößte kreisförmig angesetzte Reihen voller spitzer Zähne. Der Kopf schnellte nach vorn, als würde sich der Hals verlängern können, dann biss der Dämon dem ersten Mann in das Gesicht und riss ihm die Haut vom Schädel. Feline war immer noch in Trance, während der andere Mann von den spitzen Fingernägeln erstochen wurde.

»Wie ich bereits sagte – alle raus hier!«

Nun folgten die Menschen Skanlyks Aufforderung und stürzten zu den Ausgängen. Er gab einen Schuss in die Luft ab. Panik brach aus.

Die Löwinnen kamen den Herausströmenden entgegen.

»Ein Dämon!«, rief eine ihrer Kommandantinnen laut in den Saal, und es dauerte nicht lange, da hatte ein knappes Dutzend Gardistinnen den Dämon umzingelt.

»Feline«, sagte eine von ihnen und streckte die Hand aus. »Komm zu uns, in Sicherheit.«

Der Kopf des Dämons schnellte am langen Hals wieder vor und biss ihr den Arm ab. Schreiend ging die Frau zu Boden.

»Auf ihn!«, brüllte die Kommandantin, die an dem blauen Umhang über den goldenen Platten als solche zu erkennen war. Ein Kampf entbrannte, wobei der Dämon die Schauspielern nicht verließ, sondern wie einen Schatz beschützte.

Seit geraumer Zeit versuchte Tadeg, Yeuna zum Gehen aufzufordern, doch sie konnte von dem Schrecken nicht ablassen. Dann hörten sie, dass die Türen der Ausgänge wie von Geisterhand zugeschlagen wurden.

»Verdammt«, grummelte Skanlyk. »Wir müssen ein Massaker verhindern.«

»Wir?«, fragte Tadeg verstört, während der Lärm der panischen Menschen im Hintergrund fast unerträglich wurde.

»Ja. Ich habe beschlossen, dass ihr zwei die Richtigen seid, um mir zu helfen.« Er warf beiden einen prüfenden Blick zu und schaute dann wieder auf die blutdurchtränkte Bühne, wo die Löwinnen bereits die Hälfte ihrer Frauen verloren hatten. Er klappte seine Pistole auf, lud sie wieder mit Schwarzpulver und rief zu Tadeg: »Hier, fang!«

Im Nachfassen hatte er die Pistole sicher.

Dann drehte sich Skanlyk zu Yeuna. Er seufzte, kramte in der Tasche und sagte nun zu ihr: »Fang!«

Ein blaugolden funkelnder Gegenstand flog durch die Luft, den sie mit einer Hand auffing. Sie öffnete ihre Finger und erkannte ein Amulett. Im gleichen Moment verstummten die Schreie. Es wurde still und dunkel um sie. Nachtschwarz. Mit pochendem Herzen schaute sie sich zum. Sie war nicht mehr in der Oper. Tadeg, Skanlyk, die Menschen. Alles war verschwunden. Sie konnte sich sehen, aber es schien, als stünde sie allein in einem schwarzen Raum.

»Yeuna?«, drang Skanlyks dumpfe Stimme an ihr Ohr.

Verwirrt drehte sie sich hin und her, doch konnte niemanden sehen.

»Yeuna, hörst du mich?«

Das Amulett! Die Stimme kam aus dem Amulett. Zögerlich hielt sie das Teil vor ihren Mund. Ein unsicheres »Ja, ich höre dich« kam über ihre Lippen.

»Gut. Du wirst nun den Dämon töten.«

»Wie bitte, ich?«

»Ja, du. Schieb es auf das Funkeln in deinen Augen, mir egal, doch feststeht, dass ich nun deine Hilfe brauche. Häng dir als Erstes das Amulett um.«

Zögerlich kam sie seiner Aufforderung nach.

»Es gibt zwei Möglichkeiten, einen Dämon zu töten.« Es wurde kurz Still um das Amulett. Dann hörte es sich an, als würde er im Laufschritt weiterreden: »Die eine wäre, ihn zu enthaupten. Wenn man es schafft, tötet das die fleischliche Hülle. Es könnte genügen, doch bestimmt nicht bei diesem Exemplar.«

Zwischen Skanlyks Worten drangen immer wieder Schreie der Menschen aus dem Schmuckstück.

»Die andere ist, die Verbindung zu seiner Hülle zu kappen, und zwar von innen.«

»Von innen?«

»Ja, du bist jetzt mehr oder weniger in ihm.«

»Verdammt, was erzählst du da?«

»Moment!«, rief er, dann wurde es wieder still. Dieses Mal hielt die Stille eine Weile an. Dann spürte sie, wie die Schwärze um sie herum erdrückend wirkte. Vorsichtig machte sie ein paar Schritte nach vorn. Als würde sie auf dem Parkett im leeren Opernsaal laufen, hallte jeder ihrer Schritte nach.

»Da bin ich wieder. So viele schön gerüstete Löwinnen hier und niemand hat Silberwaffen«, sagte er abgekämpft. »Der Dämon hat jetzt meinen Armbrustbolzen in der Schulter stecken. Darum hör mir gut zu, zumal der Wichser nun offensichtlich seine Aufmerksamkeit auf mich lenkt. Verdammt!«

Wieder wurde es kurz still.

»Also – sagen wir, du bist in einer Art Traumwelt. Einer Parallelwelt, geschaffen vom Dämon selbst. Quasi sein Zuhause. Für mehr haben wir jetzt keine Zeit.«

»Also ein Traum?«

»Sagen wir ja. Aber vergiss nicht, du bist wirklich dort. Du kannst dich dort verletzen und Dinge mitbringen, was du bitte tunlichst vermeiden solltest. Du musst den Raum mit der Kerze suchen. Irgendwo in seinem Zuhause hat jeder Dämon den Raum der Verbindungen. Dort stehen Kerzen. Es könnten auch zwei oder drei sein. Jede Lichtquelle steht für den Befall eines Geistes. Für die Verbindung zu einem Lebewesen. Auch dieser Körper hier war einst ein normaler Mann. Pustest du die richtige Kerze aus, verliert der Dämon die Verbindung zu der fleischlichen Hülle. Vielleicht kann der Mann sogar gerettet werden. Und wenn du alle auspustest, dann verliert das Biest sogar die gesamte Verbindung zu unserer Welt und muss zurück in die Hölle. Also … ist doch gar nicht so schwer: Suche den Raum mit der Kerze, puste sie aus und ich werde noch heute ein Feierabendbier in der Taverne trinken!«

»Aber hier gibt es keine Räume oder Türen!«

»Doch, lauf einfach vorwärts. Jedes Heim sieht anders aus. Du wirst dich schon zurechtfinden. Ich muss hier jetzt ein Massaker verhindern. Also, geh los!«

Da verstummten die Geräusche aus dem Amulett.

»Nun gut«, sagte sie leise. »Raum mit Kerzen finden, Kerzen auspusten und Feierabend.«

Sie lief durch die Schwärze. Es war nicht zu erkennen, wo eine Lichtquelle war und wie sie von wo leuchtete. Doch schon bald zeichnete sich etwas vor ihr ab. *Ja, das könnte ein Gebäude sein.*

Spürbar veränderte sich der Untergrund vom Parkett zu etwas wie Erde. Sie schien in einer Art Vorgarten zu sein und nun erkannte sie sehr deutlich das Gebäude vor ihr. Ein schwarzes Schloss. Der Vorgarten war alles andere als idyllisch und entpuppte sich als Friedhof. Als sie das erkannte, stand sie mitten auf einem Grab. Doch das Skurrilste für sie war die immerwährende Stille. Selbst wenn sie nachts auf einem Friedhof gestanden hatte, hatte es immer Geräusche gegeben. Windrascheln, ein Knacken im Geäst – alles Dinge, die einen sonst Unbehagen spüren ließen, doch nichts war schlimmer als totale Stille. Nur ihre Schritte waren zu hören, als sie weiterlief und die Erde unter ihren Schuhen knirschte. Die bis zum Knie hochgebundenen Sandalen waren viel zu kalt für diese Jahreszeit, wie Mutter es ihr mit den alten Bauernstiefeln in der Hand schimpfend hinterhergerufen hatte. Doch entpuppten sie sich nun als wahrer Glücksgriff.

Sie ging geradewegs auf die große Eingangstür des Schlosses zu. Ein Wasserspeier mit einer steinernen Fratze starrte auf Yeuna nieder. Mit der Hand verharrte sie über der Klinke.

»Hach, wen kümmert's noch«, murmelte sie und drückte die Tür auf. Die Eingangshalle war unerwartet hell erleuchtet. Gelbes warmes Licht strahlte horizontal die Wände an. Gestöhne von Männern und Frauen drang an ihre Ohren. Sie blickte nach oben und erschrak bei dem Anblick der bewegten bunten Fresken, die vor allem Menschen, aber auch Elfen und Dämonen beim Liebesakt, nein, bei einer riesigen sündhaften Orgie darstellten. Als würden die gemalten Figuren an der Decke leben, trieben sie es in allen körperlich möglichen Stellungen, und die Geräusche der Lust vernebelten ihr beinah den Verstand.

Sie richtete den Blick wieder nach vorn und fand gleich eine weitere Tür, durch die sie schnell die Eingangshalle verließ. Hier wurde es wieder dunkler. Ein schmaler Gang, gehauen aus grauem Stein, führte sie vorwärts. An den Wänden klebten rote Fäden, die entfernt an Adern erinnerten. Je weiter sie lief, desto dicker wurden diese, und irgendwann wirkte es so, als sei sie im Inneren eines Körpers. Die grauen Steine waren verschlungen mit Haut und Muskeln. Blutige Fleischsäcke hingen an der Decke und tropften auf den Boden. Voller Ekel zwängte sie sich vorwärts und kam in einen Flur, von wo aus sieben Türen zu erreichen waren.

Sie begann mit der linken. Hinter dieser verbarg sich ein exakter Nachbau der Oper. Die Stühle, die Bühne, gar die Vorhänge – alles war genau gleich. Nur dass diese menschenleer war. *Hier wird es keine Kerzen geben,* dachte sie.

Sie entschied sich, zwei Türen auszulassen und nahm gleich die mittlere.

Ein Raum, der vom Ausmaß her an einen Wohnraum erinnerte, schimmerte in einem rotgelben Licht. In der Mitte war eine riesige hölzerne Tischplatte, die von steinernen Statuen, die kniende Menschen darstellten, gestützt wurde. Links davon lagen welche dieser triefenden Fleischsäcke, die beinah wie ein Sofa zum Tisch hin angeordnet waren. Rechts war etwas wie ein Stuhl, der aus einem einzigen menschlichen Skelett geformt war, mit großen Lehnen aus den Knochen zweier Flügel. *Vielleicht das Skelett eines Engels?* Es sah widerwärtig aus. Dahinter, an der ihr gegenüberliegenden Wand, brannte ein blaues kaltes Feuer in einem Kamin aus Knochen. Sie konnte sich nicht helfen, aber irgendwie strahlte dieser Raum eine perfide Gemütlichkeit aus.

»Hast du die Kerze gefunden?«, drang Skanlyks Stimme an ihr Ohr.

»Nein, ich bin erst im zweiten von sieben Räumen.«

»Sieben? Verdammt das ist riesig. Wahrscheinlich musst du irgendwo nach oben oder unten. Such weiter. Und beeil dich!« Dann hörte sie noch einen gewaltigen Schuss der Pistole, bevor es wieder um das Amulett verstummte.

In der Mitte des Tisches stand eine kleine weiße Porzellan Figur. Dem Drang, sich diese näher anzuschauen, konnte sie nicht widerstehen. Sie griff nach der Figur und erschauderte, als sie feststellte, dass es eine Miniatur von Feline Callez war. Plötzlich wurde die Figur heiß, so sehr, dass Yeuna sie fallen ließ. Ein Sprung zog sich quer über das Porzellan. Sie ließ das Ding einfach liegen und eilte aus dem Raum.

Zurück im Flur öffnete sie alle Türen. Jeder Raum schimmerte in einer anderen Farbe, meist in Violett- oder Blautönen. Nur die beiden Türen, hinter denen sich eine Treppe verbarg, waren bar jeden Lichtes.

»Wahrscheinlich muss ich genau hier lang«, sagte sie sich und entschied sich, ihr Kleid verfluchend, die steile Treppe nach oben zu nehmen.

Gute hundert Stufen hatte sie hinter sich gebracht, als sie endlich wieder waagerechten Boden unter den Füßen hatte. Es war immer noch dunkel, aber gerade so, dass man Umrisse erkennen konnte. Wieder stellte sich ihr eine Tür in den Weg. Sie schritt hindurch und kam in einen Raum voller Bänke und Gerätschaften an den Wänden. Sie erkannte, dass es Folterinstrumente waren. Blutspritzer waren an den Wänden verteilt, und in der Mitte der hinteren Wand hing ein aufgeknüpfter Mann. Sie würgte. Er war mit gespreizten Armen und Beinen an die Wand genagelt. Der Brustkorb war aufgebrochen, und frisches Blut tropfte auf den Boden.

Sie sackte auf die Knie und erbrach sich. Auf allen vieren schaute sie sich um. Als würde sie jetzt erst verstehen, in welcher Lage sie sich befand, erfasste sie ein Ohnmachtsgefühl. Taumelnd ließ sie den Kopf hängen.

»Yeuna«, drang es erneut aus dem Amulett. »Ich habe schlechte Nachrichten. Der Dämon hat deine Anwesenheit bemerkt!«

Sie riss ihre Augen auf und wischte sich den Mund trocken. »Bitte sag, dass das nicht wahr ist!«

Vorsichtig kam sie wieder auf die Beine, suchte nach einem Ausweg, aber vermied es dabei, erneut auf den toten Körper an der Wand zu schauen.

»Doch. Es verschafft uns zwar etwas Ruhe, da er abgelenkt ist, aber du solltest jetzt schleunigst die Kerze finden und auspusten!«

»Hier ist keine weitere Tür, verdammt«, fluchte sie mit fast weinerlicher Stimme. »Dann muss ich sicher wieder nach unten. Ich bin ganz oben, in einem Folterraum. Hier ist keine Kerze, die ich auspusten kann.« Mit einem Mal hörte sie dumpfes Grollen von unten, welches sie sogar in den Beinen spürte. »Nein, ich glaube, er ist hier!«, rief sie verzweifelt und wollte gerade die Treppe nach unten eilen.

»Warte, Yeuna. Es ist ein Dämon. Offensichtlich einer mit einem großen Haus. Es wird nicht einfach eine Tür geben, die du öffnen kannst, wo sich die Kerze befindet. Denke wie ein Dämon. Der Raum wird irgendwo versteckt sein. Hinter etwas Grausamem. Was ist das Perfideste, was du bisher gesehen hast? Dort wird die Kerze zu finden sein!«

Ein dicker Kloß bildete sich in ihrem Hals. In ihrem Magen wurde es eiskalt, als sie einen Blick auf den offenen Brustkorb des Mannes an der Wand warf.

»Verdammt«, schluchzte sie. Mit zusammengebissenen Zähnen ging sie auf das Schauerbild zu. Sie wandte ihren Kopf ab, zögerte einen Moment und griff blind mit der Hand in den Brustkorb des Mannes. Warmes Blut sickerte über ihre Hände. Sie schrie. Dann ertastete sie eine Klinke. *Ja! Das ist es,* dachte sie und drückte die Tür auf. Ein leichtes Vibrieren war die Folge, und die Wand spaltete sich in der Mitte des Mannes auf. Dahinter wurde der Weg frei zu einer Art Hängebrücke.

Ein entsetzliches Schreien ertönte von unten. Das musste der Hausbesitzer gewesen sein. Sie rannte vorwärts über die Brücke, als wieder Skanlyks Stimme erklang: »Was hast du angestellt? Der Dämon verfällt hier gerade in Raserei und haut alles in Stücke. Verdammt, puste die Kerze aus!«

Ob er die Porzellanfigur bemerkt hatte? Spielte das für sie gerade eine Rolle?

Am Ende der Brücke konnte sie erneut über eine Türschwelle gehen. Und ja ... da waren endlich Kerzen. Sie griff nach dem Amulett. »Du hattest erwähnt, eine Kerze steht für eine Verbindung, richtig?«

»Ja!«, krächzte Skanlyk angestrengt.

»Dann haben wir ein Problem«, sagte Yeuna und blickte in einen weiten, dunklen Raum, eher noch eine Höhle, welche von Abertausenden brennenden Kerzen erleuchtet wurde. »Es sind Tausende, Skanlyk! Tausende! Es sind zu viele.«

Wieder erklang das Donnern der Pistole durch das Amulett. Dann rief Skanlyk angestrengt: »Lösch sie. Lösch sie zur Not alle. Er hat uns gleich!«

Da grollte es wieder von unten.

»Kann er zeitgleich bei euch und bei mir sein?«

»Ja! Das ist ein verdammt hoher Dämon«, antwortete Skanlyk.

Yeuna riss ihr Kleid vom Körper und stürzte sich auf die Kerzen. Sie schleuderte das gute Kleidungsstück von links nach rechts und versuchte damit, so viele Lichter wie möglich zu löschen. Wahllos kämpfte sie sich Dutzende Schritte vorwärts durch die Mitte.

»Wie weit bist du?«, rief Skanlyk, doch sie ignorierte ihn, um keine Luft zu verschwenden. Kerze um Kerze wurde dunkel, doch dann spürte sie eine Eiseskälte in ihrem Rücken. Sie wollte sich nicht ablenken lassen, doch es war so aufdringlich kalt in ihrem Nacken, dass sie sich umdrehen musste. Irgendetwas stapfte laut über die Hängebrücke.

»Er hat Tadeg, er hat Tadeg!«

Verzweifelt warf sie sich auf den Boden und rollte die Flammen mit ihrem Körper aus. Wild warf sie Kerzen in die Luft, schlug auf sie ein, ungeachtet der lächerlich wirkenden Schmerzen des Feuers. Da tauchte ein gewaltiger Schatten im Türrahmen auf. Der Dämon.

Er hatte einen Kopf, Arme und Beine, sah aber nicht aus wie in der Oper. Sein Körper war eine widerwärtige Zusammensetzung aus toten Körpern, roter Hautfetzen und etwas wie Stahl, das sich durch das Fleisch zog.

»Hol mich hier raus!«, rief Yeuna und setzte sich resigniert hin. »Hol mich verdammt noch mal hier raus«, klagte sie abermals und sah zu, wie sich das monströse Gebilde stampfend auf den Weg zu ihr machte.

In ihrer Verzweiflung schloss sie die Augen und summte schicksalsergeben die Melodie, die Feline heute gesummt hatte. Anhand der Schritte spürte sie, dass der Dämon kurz innehielt. Irgendwas hatte es also zu bedeuten. Sie öffnete wieder ihre Augen, summte lauter und stand auf. Irgendetwas spürte sie, doch sie vermochte es nicht einzuordnen. Sie schaute sich um, summte weiter und sah am Ende des Raumes, wie eine Kerze eine Nuance heller leuchtete. Sie verstummte, und sofort schwächte das Licht wieder ab. Also summte sie lauter, sah die Flamme hell aufleuchten und rannte darauf zu. Prompt wurde auch der Dämon schneller. Sie kam der hellen Flamme immer näher. Nur noch wenige Schritte bis zur Erlösung. Mit ausgestreckten Armen voran sprang sie ab, doch ehe sie den Boden, geschweige denn die Kerze erreichen konnte, packte der Dämon sie. Sie wand sich in seinem schmerzhaften Griff und spürte, wie scharfer Stahl in ihren Körper drückte.

»Feline!«, stieß sie aus. »Lebt Feline noch?«

»Ja, sie singt. Aber Tadeg lebt nicht mehr lange, er hat ihn am Kragen.«

»Töte Feline!«

»Wie bitte?«

»Töte Feline. Beende ihr Leid.«

Der Dämon riss sein waberndes Maul auf und führte sie heran, als wolle er sie einfach fressen.

»Los, töte sie!«

Als sich bereits der widerwärtige Atem des Dämons in ihre Nase fraß, stieß er plötzlich ein lautes Kreischen aus.

»Erledigt«, rief Skanlyk. »Lass es mich nicht bereuen, eine Unschuldige getötet zu haben.«

Der Dämon warf sie voller Zorn durch den Raum. Krachend landete sie auf dem Boden. Vom Aufprall blieb ihr die Luft weg, der Schädel brummte. Hustend erhob sie sich und bemühte sich um Orientierung. Das Wesen vor ihr brüllte. Es raufte sich den Kopf blutig, riss dann mit grober Gewalt den Boden zu seinen Füßen aus und warf mit dem Schutt nach ihr.

Etwas traf sie schmerzhaft am Bein, woraufhin sie spürte, wie ihr warmes Blut über die Schenkel lief. Sie blickte in die Richtung, wo eben noch die hell leuchtende Kerze war. Diese schien nun auffällig zu flackern. Sich vor umherfliegenden Teile duckend, humpelte sie in Richtung Kerze. Der Dämon machte einen gewaltigen Satz auf sie zu, während sich Yeuna mit letzter Kraft auf die Kerze warf.

Alles um sie herum wurde dunkel. War es das?

Doch dann fand sie sich im Opernsaal wieder. Gerade wollte sie ihrer Erlösung freien Lauf lassen, als ihr der Atem stockte. Vor ihr erblickte sie ein widerwärtiges Blutbad. Fast ein Drittel der Besucher war umgekommen. Mit offenem Mund starrte sie entsetzt auf das Geschehen.

Der mit Kratzern und Schnittwunden übersäte Skanlyk zog Tadeg unter dem Körper des Dämons hervor und half ihm auf die Beine. Dann schritt der Jäger erschöpft auf sie zu und legte eine Hand auf ihre Schulter. »Ohne dich, Yeuna, wären es noch viel mehr Tote geworden. Auch wenn es bitter schmeckt: Du bist eine Heldin. In dieser Welt gibt es keine süßen Siege. Merk dir das.«

Yeuna, Skanlyk und Tadeg standen draußen vor dem Operngebäude. Die Kutsche fuhr vor, um sie zu ihrer Pension für diese Nacht zu bringen.

»Eigentlich«, begann Tadeg, »würde ich am liebsten sofort nach Hause fahren.«

Skanlyk seufzte. »Du, Yeuna … ich könnte jemanden wie dich als meine Gehilfin gebrauchen. Meinst du, es gäbe eine Möglichkeit, dich davon zu überzeugen?«

Sie holte Luft, doch Tadeg schnitt ihr das Wort ab: »Was glaubst du, alter Mann? Es war eine Unverschämtheit, uns in diese Lage zu bringen. Yeuna stammt aus dem stolzen Felden und wird keine Lust haben, sich in der Welt vor euresgleichen behaupten zu müssen.«

Yeuna lächelte den Dämonenjäger verschmitzt an. »Du meinst, du würdest mich zur Dämonenjägerin ausbilden?«

»Nach heute werde ich dir nicht mehr viel Neues beibringen können, aber ja – genau das ist mein Plan. Und die hier«, er hielt die glänzende Pistole in die Luft, »gibt es als Anzahlung.«

Sie drehte sich zu Tadeg und nahm ihn in den Arm. »Danke für alles, was du für mich getan hast.« Dann griff sie nach der Pistole und sagte zu Skanlyk: »Gehen wir Dämonen jagen!«

ENDE

Entdecken Sie weitere Geschichten des Autors.

Eine Assassine an der Spitze der Macht und ein ausgedienter Söldner, der alles verloren hat, dazu bestimmt, das Schicksal der Welt zu lenken.

Beinahe wäre das Geheimnis der alten Könige in Vergessenheit geraten, doch dann taucht ein Vertreter der Schatten im Reich der Menschen auf und verlangt die Erfüllung eines dämonischen Vertrages: Ein Heer für die Schlacht gegen die Mächte des Lichts. Die Menschen weigern sich und lehnen ab. Doch es gibt einen unter ihnen, der sie alle verrät und dafür sorgt, dass der Krieg zwischen Schatten und Licht nicht mehr aufzuhalten ist.

Paperback

372 Seiten

ISBN-13: 9783753477749

www.marvinharvest.de

Auch als E-Book & Hörbuch erhältlich.